AS FACES DO AMOR

António Cortês

AS FACES DO AMOR

COLEÇÃO NOVOS TALENTOS DA LITERATURA BRASILEIRA

SÃO PAULO 2012

Copyright © 2012 by António Cortês

COORDENAÇÃO EDITORIAL Letícia Teófilo
CAPA Carlos Eduardo Gomes
PREPARAÇÃO E DIAGRAMAÇÃO Equipe Novo Século
REVISÃO Mônica Vieira/Project Nine

TEXTO DE ACORDO COM AS NORMAS DO NOVO ACORDO ORTOGRÁFICO DA
LÍNGUA PORTUGUESA (DECRETO LEGISLATIVO Nº 54, DE 1995)

DADOS INTERNACIONAIS DE CATALOGAÇÃO NA PUBLICAÇÃO (CIP)
(Câmara Brasileira do Livro, SP, Brasil)

Cortês, António
As faces do amor / António Cortês. --
Barueri, SP : Novo Século Editora, 2012. --
(Coleção novos talentos da literatura brasileira)

1. Ficção brasileira I. Título. II. Série.

12-10444   CDD-869.93

Índices para catálogo sistemático:
1. Ficção : Literatura brasileira   869.93

2012
IMPRESSO NO BRASIL
PRINTED IN BRAZIL
DIREITOS CEDIDOS PARA ESTA EDIÇÃO À
NOVO SÉCULO EDITORA LTDA.
CEA – Centro Empresarial Araguaia II
Alameda Araguaia, 2190 – 11º Andar
Bloco A – Conjunto 1111
CEP 06455-000 – Alphaville Industrial– SP
Tel. (11) 3699-7107 – Fax (11) 2321-5099
www.novoseculo.com.br
atendimento@novoseculo.com.br

Dedicatória

Verdade mesmo que não fosse uma virtude (suprema), com imenso prazer me submeteria a esse precioso jugo que é o amor "o adorno dessa vida".

Agradecimentos

Em adoração, prostro-me aos Teus pés, Deus meu. Agradeço pelo dom da vida e pela habilidade de escrever, pelo impossível que tornaste possível em minha vida. Agradeço à minha família, pelo apoio que me concedeu, pelo investimento que tornou possível esta obra, em especial aos meus pais e aos meus irmãos, principalmente pelas boas experiências que souberam me transmitir, quando me estenderam a mão em momentos difíceis. Não poderia me esquecer dos meus amigos, a Editora Novo Século, particularmente o Sr. Cleber Vasconcelos, pela confiança que depositaram em mim e acreditaram que seria possível materializar este livro.

Introdução

Na vida há acontecimentos que levam a despertar os sentimentos, as emoções que surgem nesses eventos fazem emergir reações que carecem de respostas, tal como certos fenômenos e realidades, por exemplo, a origem da via láctea. Qual é o número exato de estrelas existentes nessa galáxia espiral onde se encontra a sistema solar? Com certeza, um certo tempo definiu e formou a galaxia. Esse mesmo tempo é que define como e quando o amor chega até nós, se ele vai se apresentar em simples ou curtos instantes – como o amor à primeira vista –, ou se nos trará a desilusão de um amor não correspondido. De onde vem tanta sedução que repousa no coração quando se contempla a face do amor, essa chama que se expande dentro de nós, uma virtude que transborda virtudes, condiciona a felicidade que há em nosso interior.

Esse mesmo tempo apresenta e também leva para longe sentimentos proibidos que a razão não poderia deixar se apoderar do coração. Este, no entanto, é frágil, incapaz de nos proteger diante da tentadora e sedutora realidade que os sentimentos oferecem. Amor, sentimento que transcende a razão.

Prólogo

O amor pode dar sinais por meio de sensações complexas ou por razões simples, por exemplo, o brilho no olhar. É transcendente a razão é a sorte singela que o destino nos traz. A cada instante invade vários corações. É uma sorte que o céu azul dos dias nos presenteia, e as estrelas cintilantes e luares nos leva a apreciá-lo; é um espanto que leva dois corações a baterem em um mesmo ritmo; uni e separa verdadeiros amantes. Pena que pode não ser correspondido, que pode ser ignorado, trocado e proibido. É bom que pode ser descoberto pelo conforto que algumas pessoas nos oferecem, é bom por ser uma dádiva que a vida por si só nos presenteia. Com certeza está em todo sítio, em simples cabanas, em grandes palácios. Certamente gostaria de estar em um único sítio, em nosso coração, porque a maior parte das pessoas o ignora? Talvez porque não tenha conhecido a sua face, por causa das diferentes formas que se apresenta. Um dia conclui que tinha várias faces, que às vezes se mostra em extensões grandíssimas de emoções ou em um simples sentir, que se reflete em um amor poético.

A vida é uma grande dádiva e muitas vezes imprevisível. Cada dia nos oferece emoções e sensações diferentes, despertando sentimentos inesperados. O amor imerge de várias formas: nasce com um simples olhar, alimenta-se com o tempo, por meio da convivência e, também, une pessoas com personalidades opostas. Amor, uma virtude cheia de virtudes, sentimento puramente divino, mas torna-nos vítimas em certas circunstâncias, vítimas de amores não correspondidos, de amores proibidos etc. Apesar disso, é por meio dele que encontramos a verdadeira alegria e a felicidade que há em nosso interior. A felicidade é um sentimento almejado por todos, buscada de formas e de fontes diferentes, mas não pude achar caminho mais eficaz para chegar até ela que o amor.

Amor, sentimento sublime e majestoso, torna-nos reféns em momentos próprios. Reluzente, transcendente e incondicional. Quem nunca se deixou seduzir por ele?

Hoje, o amor tornou-se uma das aventuras mais desafiadoras de todos os tempos; encontrar alguém para compartilhar tal sentimento tem se tornado cada vez mais difícil. Os tempos mudaram e trouxeram novos ventos e formas de viver a vida, e a fé nela tem se perdido dia após dia. Isso porque, talvez, o amor tem se definido de várias maneiras, mas nenhuma delas é clara e coerente o suficiente, o que faz surgir questões sobre elas, mas que ainda não têm respostas. Então o que seria propriamente o amor? Com certeza a sua existência é muito valiosa, quase imprescindível.

A busca por uma definição tem sido tarefa constante para mim. É minha intenção falar sobre o amor, de uma forma esclarecedora, descrevendo suas características e propriedades reais e desassociando-o da paixão, de modo a apresentar a sua face original. E, ainda, mostrar que sem amor a vida seria menos alegre, com menos razão, sem bom-senso e sem grande sentido.

Ao me procurarem para dissertar acerca deste tema, sempre procurei dar as respostas mais simples e claras possíveis. Certamente o amor seria a perfeição que encontramos nas pessoas imperfeitas, e a razão que não encontramos para esse encantamento, que nos leva a admirar, a desejar e nutrir uma afeição pelo que chamamos bem querer, se apresenta como partilha da felicidade que se esconde em nosso interior, suporte em momentos difíceis ou mesmo dividir parte da vida ou tornar duas vidas em uma.

É certo que o amor reflete a parte mais divina do homem. O ser espiritual que se perde no material, tem a sensação de ter tudo e não ser nada por falta de paz interior, e anseia compartilhar os momentos oferecidos pela vida, na falta de uma companhia para dividir sentimentos e emoções.

Acompanhei várias histórias de amor e pude sentir como eram intensas, sem razões aparentes, afetuosas, repleta de encantamentos e inocência.

E, partindo dessas características, criei este livro com histórias fictícias, com base nas realidades que chegaram até a mim.

Thiago e Emília

O amor desperta em Thiago

Foi nos olhos radiantes de Emília que Thiago achou o amor, essa personagem que despertou em si a sua excelência e autoridade sobre a razão.

Ele a conheceu quando eram crianças. Emília viria a representar para Thiago, na idade adulta, a primeira e única grande aventura, o primeiro e único sentimento profundo, fruto da ingenuidade, da afinidade inocente que descobriram na infância durante as brincadeiras partilhadas, em meio a sorrisos perfeitos que costumam transbordar no interior das crianças. Naquela época, a inocência que havia neles não deixou o preconceito interferir na amizade que tinham.

Enquanto brincavam tudo era muito harmonioso, o sorriso era fácil, e nada previa o que a Emília significaria para ele.

Talvez a ideia de que o mundo sempre seria brincar, jogar e compartilhar momentos de muita sinceridade, sonhos e ilusões, não permitia prever a importância que viria a ter esse sentimento quando atingiu a maturidade.

Invernos e verões se passavam, primaveras e outonos se sucediam. Para Thiago, os olhos de Emília eram os melhores anfitriões para os raiares do sol. Estar ao lado dela era sinônimo de possuir a felicidade plena, com certeza em qualquer lugar seria feliz com ela. Um dia seria a princesa que desejou cuidar, e o palácio de seu coração a moradia perfeita para a moça; ele a protegeria. Talvez Emília fosse uma alma carente de amor, que seu interior se precipitou em estender a mão para fartar-lhe desse sentimento. E para o rapaz seria uma realização tirá-la dessa cabana vazia de amor.

Thiago surpreendeu-se, já tinha 18 anos de idade, as brincadeiras haviam terminado há algum tempo, mas o seu sentimento por Emília havia se transformado em outro, era uma nova realidade. Um sentimento novo e valioso que estava perto de descobrir. Ele nunca a quis longe de si, mas Emília estava cada vez mais distante, agora era uma moça de beleza incomum; não era somente o brilho no olhar o motivo de estar apaixonado por ela. No rapaz, certas coisas não tinham mudado, como o desejo profundo de cuidar dela e compartilhar momentos do passado, já que as brincadeiras haviam ficado para trás. Um cinema, um almoço juntos seriam boas oportunidades para tornar eternos os momentos plenos de sinceridade e de sorrisos fáceis que tiveram no passado.

Os sonhos não eram mais os mesmos, uns haviam sido realizados, outros, se tornaram inalcançáveis, algumas ilusões viraram desilusões porque as coisas ficaram mais claras e definidas. O mundo, outrora construído, havia terminado, simplesmente destruído pelo tempo. A maioria dos sonhos se transformaram em projetos, embora ele confessasse nunca ter deixado de sonhar. Para Thiago, os sonhos é que alimentavam a esperança de alcançar as coisas que pareciam distantes de si, qualidade que tornava as suas capacidades ilimitadas e um pouco mais nítida a janela do véu que separa o presente do futuro.

O maior sonho dele seria conquistar o coração da Emília. Os dias o ensinaram a amá-la, e, apesar deste levar consigo muitas coisas, uma ele soube alimentar e preservar. E Thiago deixou tal sentimento crescer e tornar-se em amor puro e verdadeiro. Descobriu que se tratava de algo nobre e, portanto, decidiu acolhê-lo; com isso o amor encontrou a perfeita morada em si.

A timidez de Thiago

O menino que criou profundos laços com Emília não ficou em seu passado, ainda estava vivo e bem presente nele, porque as palavras que saíam de sua boca refletiam pura inocência. Imaginava que a moça também tinha aquelas brincadeiras do passado guardadas como parte importante de sua vida. Acreditava, no entanto, ser pouco provável que delas tenha se originado o mesmo sentimento que o dele. A ousadia de uma mulher apaixonada e refém do amor é sem limite e Emília nunca demonstrara tal ousadia e o mínimo de interesse por ele.

Thiago não fazia nada para despertar esse interesse, talvez a timidez engolisse a grandeza do sentimento dele, ou este não era forte o bastante para superar as barreiras encontradas. Tentei compreendê-lo, sempre estive atento à sua aventura, nunca quis interferir diretamente no caso, acompanhava de perto sua novela, motivava-o, apesar da minha inquietação quanto à reação de Emília. Aconselhava-o dizendo que os sentimentos nobres exigem grandes superações, que o esforço por eles valem sempre a pena. Não sei de onde vieram esses conceitos, mas acredito que, para haver conquistas, obstáculos devem ser ultrapassados. Na vida, qualquer conquista exige certos sacrifícios.

O amor torna as pessoas um tanto quanto mais sensíveis. Thiago tornara-se um poeta por algum tempo. Em alguns momentos descrevia a amada em versos com muita harmonia, nos quais estampava seu sentimento, e as inspirações vinham de Emília. Dizia, por exemplo, que os olhos dela eram os cristais mais lindos que conhecera, que quando a luz do sol a encontrava irradiava uma verdade incomum; descrevia a sua alma de uma forma muito clara, dando-lhe a certeza de que a felicidade que gostaria de ter estava nela, em cada traço que havia na personalidade dela.

O rapaz era o retrato perfeito de um homem apaixonado, totalmente refém e surpreendido pelo amor; este o dividia em dois polos: entusiasmado pela existência desse sentimento e, em outros momentos, preocupado se um dia seria correspondido. O entusiasmo, porém, era o sentimento que mais o dominava, embora intercalasse com a preocupação de uma possível rejeição. O tempo era generoso com Emília. A cada dia era mais bela e parecia que isso ocorria pelo simples fato de ser mais um dia. Era dona não só de uma boa aparência, mas também de uma presença elegante, por isso a consideravam a moça mais bela da vila.

O sentimento que alguém possui não é a certeza de uma conquista amorosa, mas funciona como estímulo, o primeiro passo para chegar até ela. Em Thiago o amor era evidente, mas não sabia como lidar com ele. Era uma novidade para o moço, que se pegou surpreso pelo que estava acontecendo: a sedutora presença do amor em sua vida. Uma possível rejeição lhe causava medo.

Em certas ocasiões, o medo da perda causa fragilidade, mas Thiago não tinha nada a perder, visto que Emília nunca fora sua namorada. O medo da rejeição imperava, o único sentimento que contrariava o entusiasmo que aparentemente morava nele, com a hipótese de viver uma grande paixão, e não só um verdadeiro amor que invadiu mais um coração.

Cada vez mais crescia em Thiago a sensação que, sem Emília em sua vida, ele não teria paz. Com o passar do tempo, o desejo de protegê-la tornou-se uma necessidade. Seu mundo ficaria sem sentido se não pudesse partilhar esse sentimento com a amada, as metas alcançadas seriam pequenas demais, não seriam suficientes para tomar o espaço que a moça havia ocupado. Não estar ao seu lado deixaria um vazio difícil de ser preenchido por outro sentimento ou qualquer outra coisa conquistada. Queria ter alguém para partilhar os muitos êxitos que pudesse alcançar e encontrar um refúgio quando o mundo estivesse desabando. E só encontrou esse alguém em Emília.

Como todo mundo, Thiago queria viver um grande amor com uma ardente paixão. Admirar cada palmo do corpo esbelto da Emília significaria ter a felicidade nas mãos, o momento mais alto em sua vida, a sensação de ter o maior tesouro.

Inundado na sensação de encontrar em Emília a plena felicidade, faria tudo para superar a timidez e o medo, porque seria muito pior se não corresse atrás dos sentimentos que moviam a sua razão para viver naqueles dias.

Nesse ponto pude apoiá-lo. Sempre é mais doloroso sofrer a corrosão de um amor calado. Muitas vezes a necessidade de expressar sentimentos se torna um imperativo. Penso que, pensando na nobreza do amor, toda e qualquer atitude é válida, desde que não fira ninguém.

Com o tempo as barreiras psicológicas haviam sido superadas e a timidez não era mais um grande obstáculo para ele. Havia, porém, outras barreiras para se superar: as sociais. Thiago não era das famílias mais nobres da vila, apesar de ter uma boa educação e ser muito culto. Inclusive, pude aprender muito com ele, me fez compreender que o conhecimento suplanta muitas coisas. Será que, também, o seu trajar humilde poderia superar os conceitos e preconceitos que moram na mente de certas jovens abastadas?

Atualmente as pessoas não se deixam levar apenas pelos sentimentos. Procuram conduzir, de maneira racional, as relações amorosas e as coisas que são movidas somente pelo sentir. E, por essa razão, essa questão social tanto me inquietou. Saber qual seria a reação da Emília ao tomar conhecimento de um pretendente tão humilde como Thiago ainda carecia de respostas. Enquanto isso, a ansiedade tomou conta de mim. Parece que na vida nada é perfeito, tudo tem uma pequena mácula e quando as coisas perfeitas tentam imergir as tornamos imperfeitas. Com certeza o sentimento era perfeito porque seguia os trilhos certos, as motivações eram as mais corretas. Apenas uma coisa poderia atrapalhar a existência daquele sentimento: a atual realidade.

Reflexão

Hoje, não mais se justifica iniciar um relacionamento amoroso exclusivamente por razões sentimentais, muitas vezes a aproximação é estabelecida como um contrato para obtenção de certos patamares pessoais e sociais. Encarar a felicidade como uma virtude alimentada por um sentimento como o amor, juntar duas vidas, levá-las em uma mesma direção, fundamentada somente no amor, é considerado uma mentira por muitos.

O que me deixava intranquilo, Thiago considerava prova de amor; para ele conquistar o coração da Emília com sua humildade seria uma forma de demonstrar que o amor supera tudo, seria um sentimento recheado de pensamento medieval, quando, na verdade, o amor deveria ser visto simplesmente como um sentimento apartado da razão. Como conhecida por todos, a conquista da pessoa amada deveria acontecer com muito entusiasmo, pelo prazer da arte e religião que é o amar e o amor.

Esse jeito de Thiago pensar tornou a novela ainda mais interessante, porque contrariava os fenômenos sociais e a realidade desenhada na sociedade atual, o que me levou a mergulhar com ele naquela aventura. Era bom saber que o rapaz defendia um ideal, talvez cegamente, mas o apoiei a não levar em consideração a razão e a realidade.

20

Thiago não é correspondido

Meu temor, no entanto, concretizou-se quando Thiago, enfim, decidiu abrir o coração. Não aconteceu exatamente como ele imaginara. Emília ridicularizou o sentimento dele, disse ser um sonho muito alto para Thiago, que não era mulher para se envolver com um homem com baixo nível social. Antes disso, ele tinha uma visão muito otimista. Estava seguro de que conseguiria conquistá-la. Nos dias de hoje, porém, o materialismo tem corrompido quase tudo, muitos acreditam que tudo tem um preço; talvez estejam certos em parte, mas o preço seria em uma forma simbólica. Eu, por exemplo, trocaria o preço pelo empenho que toda conquista exige ou pelo valor que inquestionavelmente existe em cada ser humano e na natureza que nos rodeia.

Tal fato resultou em um sofrimento do qual jamais imaginei que pudesse conhecer. As palavras de Emília causaram feridas que nunca foram curadas em Thiago.

Essa história me fez conhecer a outra face do amor, uma das mais cruéis, quando não correspondido. Nem todos sabem superá-lo, talvez pelas feridas incuráveis ou pela ilusão perdida no horizonte. A sensação de encontrar a felicidade somente na pessoa amada leva o outro a perder o chão e a falta de crença que a vida oferecerá novas oportunidades muitas vezes prevalece, porque parece ser o fim de tudo e, para muitos, o fim na crença do amor.

Reflexão

Acredito que todas as pessoas têm o direito de fazer as próprias escolhas e o fato de haver um sentimento de outrem por você, não significa ter de, obrigatoriamente, nutri-lo, mas, sim, pela pessoa certa. O amor nasce de uma maneira muito diferente, sem uma razão aparente, foge muito da lógica, e é exatamente por isso que a possibilidade de nascer um sentimento por uma pessoa errada é muito alta. As pessoas deveriam aprender a aceitar as escolhas dos outros, fazê-lo tornaria essa dor menos intensa. As coisas, no entanto, não funcionam bem assim. O poder do querer frustrado, a crença de que viveremos sensações agradáveis, uma paixão sustentada pelo amor inibe essa visão das coisas.

Angústia de Thiago

No caso do Thiago, só o tempo poderia trazer outras novidades, e este trouxe para mim coisas surpreendentes. A decepção do rapaz havia sido tão grande, que ele ficou vários dias com insônias, noites de tímidos luares e, em outras, de estrelas escassas; as cores da vida haviam se tornado cinzentas para ele. A esperança de que um dia tudo daria certo o levou a abraçar uma angústia por não ser correspondido. Talvez tenha levado as coisas muito a sério. Eu não sabia a intensidade de tal tristeza; claro, é impossível saber, também não sabia o quanto Emília representava para ele.

Percebi que, para Thiago, talvez ela fosse a única razão para viver naquele momento. Ele havia moldado todos os seus projetos de vida ao lado dela. Tamanha ingenuidade, que até hoje não consigo compreender. Quem ama talvez seja, de fato, um pouco ingênuo mesmo. Quem compreende essas questões sentimentais com propriedade? Em se tratando de amor, então... Os acontecimentos daqueles dias mudariam toda a personalidade do Thiago. O jovem de grandes ilusões e sonhos tornou-se calculista, a chama da paixão transformou-se em um calor que nunca mais quis conhecer, a não ser se o encontrasse na sua eterna amada a Emília.

Tive uma parcela de culpa no que havia acontecido, fui muito passivo, pois, com a realidade que o rapaz vivia, a minha razão dava-me a certeza de que Emília não corresponderia. No entanto, deixei--me levar pelo entusiasmo dele, talvez porque eu tinha o amor como uma simples aventura, não o considerava um sentimento imprescindível para a vida, imaginei que com Thiago fosse a mesma coisa. Ele era muito jovem, mas tinha uma perspectiva muito madura sobre o amor, sobre os sentimentos em geral, que não eram só para sentir, mas para aprender a apreciá-lo também, saber sentir e admirar as suas consequências por muitos anos, até mesmo tornar o amor eterno.

Reflexão

Com o tempo pude reconhecer que viver muitas relações não é o ideal, porque a cada separação acontecem grandes mudanças em nós, geralmente para pior. Assim, a separação, em minha nova perspectiva, tornou-se o último recurso em uma relação afetiva, e o melhor caminho é tentar resolver os problemas e procurar soluções saudáveis. E, claro, buscar alternativas que não tornem a vida mais amarga. Não sei por que, mas a cada separação tive a sensação de abandonar um pouco de mim. Talvez ao acabar com a confiança e com afeto conquistado, sentia-me esvaziado, pelo menos era essa a impressão que sempre tive. Ainda vejo o amor como uma aventura, mas não o encaro mais como algo simples e leviano, e sim de conquistar e não deixar escapar.

Analogia

Formulei uma analogia para as relações amorosas: são edifícios construídos com fundamento no amor, porém, como qualquer edifício, carece de reformas conforme o tempo passa (relação), ou a construção de outro edifício (outra relação), que um dia carecerá da mesma reforma do edifício passado (da relação passada), o qual foi deixado para trás e ignorada a reforma necessária. Sem dúvida a opção correta seria investir na reforma do primeiro edifício (a primeira relação).

Thiago supera a rejeição

Não poderia aprender de forma mais dramática, Thiago representaria para mim a teoria do caos: destruir para regenerar, tornar-se mais forte, apesar do gosto amargo que se apoderou de seu paladar e o perturbou por dois anos. O rapaz soube superar a rejeição com maturidade, seu único remédio foi o tempo. Reconheceu ter agido de forma errada, porque Emília era livre para fazer suas escolhas e, talvez, no coração dela já morasse outro alguém. Apesar de tudo, Thiago ainda se orgulhava por lutar, encarou esse empenho como remédio para curar as feridas, e lutaria enquanto houvesse forças para conquistar Emília e ser correspondido. Percebeu, inclusive, que nunca demonstrara com clareza o quanto ela era valiosa para si.

Na vida aprendemos de diversas formas. O aparente ponto final, o fundo do poço no qual Thiago chegara, foi um grande exemplo de superação. Apesar de ter levado muito tempo, valeu a pena pela pessoa que se tornou depois. É uma das pessoas mais vencedoras que pude conhecer, dificilmente perde uma batalha. Emília, de fato, não soube reagir bem a um sentimento do qual não correspondia. Talvez porque, com passar do tempo, Thiago nunca demonstrou o quanto ela era importante para ele. A forma com que Emília olhava para as relações também estava distorcida, talvez alguém tivesse lhe partido o coração. Toda mulher deseja ser amada um dia e esse seu olhar distorcido refletiu em um futuro com relacionamentos instáveis, infelizes e carentes de amor.

Reflexão

A forma com a qual ela optou para se relacionar em geral é sofrível, porque as motivações materiais, embora a princípio representam o poder tanto almejado, deixam lacunas, os sentimentos não se calam e sempre falam mais alto.

Definitivamente, há coisas que o dinheiro ou qualquer luxo não compram nem substituem. E uma delas é o amor, sentimento que nasce e de repente se manifesta como uma conquista. E para isso deve-se ultrapassar muitos obstáculos e crer em algumas de suas características, como a confiança e o respeito, para tomar posse de uma relação que valha a pena. Emília, ao contrário, nunca pensou assim. Sempre acreditou que um bom status social pudesse superar um sentimento tão leal como o amor; talvez porque, infelizmente, foi educada dessa forma, ou porque perdeu a fé no amor quando um dia alguém lhe partiu o coração. Os relacionamentos de hoje não são uma decisão autônoma, há sempre interferências negativas, as quais levam as pessoas a cometerem grandes erros, os quais as tornam infelizes no amor.

Em vez de garantir a evolução do homem como ser humano, a modernidade trouxe consigo conceitos que deixaram o homem ainda mais confuso, sem respostas. Alguns destes conceitos são um grande fracasso para seu desenvolvimento. Muitas coisas essenciais têm se perdido, tudo se resume ao belo, em uma perspectiva mais materialista e a liberdade é usada de uma forma irresponsável.

Se não estou enganado, a palavra sentimento origina-se de sentido, e o sentir reflete-se em sensações, coisa que não se pode tocar simplesmente sem sentir. O materialismo é empregado em tudo, levando a grandes distorções na vida do ser humano por conta dos conflitos internos criados nesse ser, que também é espiritual. O lado espiritual está acima de todos os conceitos possíveis, por isso não se define somente se aceita a sua existência, poderia definir o espiritual como a eternidade, mas quem conhece a eternidade?

Tanto Thiago, que havia apostado na sensibilidade, quanto Emília, que priorizou claramente o materialismo, estavam condenados a não darem certo, porque seus valores de vida, naquela época, eram muito distintos. Ele, no entanto, teria mais chances de alcançar o sucesso porque vivia a vida em sua essência, sem se chocar com as leis e os fenômenos fundamentais do ser. Emília, ao contrário, certamente encontraria a desilusão, por acreditar apenas nas coisas visíveis. Um dia deixou de acreditar no amor e os seus sonhos passaram a ser baseados no "ter". A vida, porém, ensina que não se pode ter tudo o que quer, mas, com certeza, ser o que se quer.

Thiago aprende com a solidão

Thiago aprendeu a viver segundo as leis e os fenômenos do ser, porque dias depois de ser rejeitado por Emília, escolheu ter como amiga íntima a solidão.

Certo dia, sentado à sombra de uma árvore, folhas caíam sobre si, pensou não ser mais novidade declarar a influência da força da gravidade sobre a natureza. Com aquela experiência, não percebeu que o tempo havia definido que aquelas folhas caíssem naquele momento, no outono. Há tempo para tudo e o tempo define e limita a vida e, embora Thiago estivesse alheio a isso, dias depois estava ele, mais uma vez, perante a sábia natureza. Caminhava sobre as brancas areias da praia e a maré baixa fazia cortesia para a maré alta. Os passos que artisticamente havia desenhado na praia se apagavam e a água do mar lhe beijava os pés. Ali, o rapaz conscientizou-se de que a natureza é um grande mestre, com ensinos altíssimos em sabedoria e que não há homem na Terra conhecedor apenas de momentos alegres ou tristes. E, além disso, que a tristeza e a alegria eram como as ondas do mar que estavam diante de si, na imensidão do oceano do qual admirava, que era necessário desfrutar ao máximo os momentos alegres e, nos tristes, esperar com ânsia as alegrias que com certeza, no tempo certo, chegariam.

Reflexão

A vida, portanto, é pautada pelo tempo e pelos sonhos, os quais nos levam a crer que é possível superar todas as barreiras possíveis e, também, atingir metas.

A novela havia se tornado quase uma ficção, em que pairava a ingenuidade de um homem apaixonado que se entregara por completo ao amor e que tivera uma expectativa muito otimista e, inclusive, um sentimento preenchido de inocência, visto que a semente fora lançada na infância e, sem razão aparente, com uma pureza jamais vista, pois ele queria somente partilhar, cuidar e fazer Emília feliz e acima de tudo tornar eterno seu sentimento e desafiar as várias ficções de apologia ao amor, embora ele não tenha agido da maneira certa para atingir a tão desejada conquista.

Com certeza, seria mais uma grande celebração do amor na sua face original. Porém, quis o destino que não fosse naquele momento que mais uma semente brotasse nos jardins dos amantes; talvez o tempo definisse outra oportunidade para essa celebração. Naquele momento a terra não era fértil. A sensibilidade de um e o materialismo do outro sentenciaram fazendo juízo perfeito de destinos incompatíveis, que deveriam rumar, portanto, cada um na longevidade do horizonte, o qual reserva sempre grandes surpresas.

Surpresa, será? Visto que, na maioria das vezes, apenas encontramos o que de fato plantamos, o que escolhemos no nosso íntimo, sementes boas ou ruins, ou seja conquistas ou decepções que causam arrependimentos e lágrimas, um mundo que contraria o que realmente gostaríamos de alcançar. Com isso, talvez notamos que o que hoje somos é fruto do que fomos no passado, e o que seremos é o reflexo do que hoje somos.

A vida certamente seria uma tela pintada em vários tons a nosso gosto, e o vermelho foi a escolha universal para representar o amor, apesar de que, para mim, ele é azul. Tela essa que representaria as escolhas certas e erradas, em suma, a forma como encaramos a vida, com ou sem otimismo. E cada um seria dono do seu mundo, ou seja, da própria vida e a questão do sucesso ou não dependeria somente de nós.

Thiago fez sua aposta: utilizar somente a sensibilidade para conduzir as próprias escolhas em sua relação afetiva. Para ele, o maior motivo para relacionar-se de forma afetiva era o amor, particularmente, o único motivo para o casamento seria o amor – o que caracteriza ingenuidade pura, mas seria muito bom se assim fosse –, Emília utilizou, a partir de certo momento, o material para definir as suas escolhas, acabando quase por completo com a hipótese do amor ingênuo e puro entre eles, talvez o tempo mudásse essa escolha e um dia a sorte lhes juntasse.

O drama de Thiago

Foi dramático ver Thiago nos dias que se seguiram após a rejeição de Emília, era de comover qualquer um o sofrimento que lhe invadira, chegara até mesmo a chorar com os olhos secos. O desespero tomou conta de seu ser, nuvens de tristeza teimosamente pairaram sobre si, o sorriso era quase inexistente. O mais duro foi ver a forma com a qual Emília tornara tudo impossível. Mas por quê? Pelo simples fato de não poder sustentar o relacionamento com presentes valiosos e, acima de tudo, porque as roupas humildes do rapaz representavam trapo para ela, embora não se descarte a hipótese de que havia outro alguém na história, apesar de não termos certeza de sua existência. A moça não se importou com o sentimento que partilharam no passado, talvez a vida a transformara em outra pessoa.

Em consequência disso, Thiago adquiriu patologias psicológicas que o levaram, também, à decadência física. Perdia quilos dia após dia, chegou a pesar quarenta quilos. Com isso é possível imaginar como a sua aparência se tornara chocante para as pessoas que conviveram com ele naqueles dias.

Foi-lhe, portanto, diagnosticada depressão profunda, a qual era a causa do emagrecimento constante e da insônia. Escolheu a solidão para se desfazer dessa fase.

O amor obsessivo tem consequencias muito parecidas. Talvez, para viver uma relação, o indivíduo tenha de tomar posse da felicidade individual, para ser feliz consigo mesmo e buscar as outras pessoas apenas para partilhar essa felicidade, e não para depositar nelas a certeza da felicidade. Isso, porém, raramente acontece, em geral quando escolhemos alguém para nos relacionarmos tentamos escapar das frustrações pessoais, pensando que com essa relação poderemos vencer. Mas na prática isso é diferente e os problemas pessoais começam a interferir na relação, levando à sua fragilização e, a seguir, à separação.

Dizia-se que a depressão não tem cura. Isso deixou a família de Thiago muito preocupada. Diziam que ele havia perdido interesse em tudo e que não tinha ânimo para fazer mais nada. Na faculdade, por exemplo, as notas despencaram, quase tivera de repetir aquele ano letivo. O que mais inquietava os familiares, porém, era a falta de explicação para aquela situação. Mas o rapaz não tinha coragem de confidenciar o que o levou àquele estado cada vez mais decadente.

Se as coisas continuassem daquele jeito, o fim dele não seria dos melhores, talvez fosse trágico. Mas ainda bem que ele soube superar aquela fase, aprender a lidar com a rejeição de um amor não correspondido, tornar as palavras de Emília um incentivo para transformar a história de sua vida e encarar os desafios de uma forma mais madura, além de sabedoria para armar estratégias necessárias e ultrapassar os obstáculos.

A obsessão também havia lhe cegado, porque, enquanto ficava cada vez mais apaixonado por Emília, havia outra jovem que suspirava de amores por ele. Nuria era uma moça sensível e delicada, de uma tonalidade de voz que tornava as palavras tão suaves e dóceis, que pareciam versos puros de uma poesia. Alegria era sempre abundante em seu sorriso e era do tipo de pessoa que conquistava o coração de qualquer um. Encontrava-se a beleza em qualquer parte de Nuria, especialmente pela alma generosa em abundância que possuía. Mas Thiago estava cego, obcecado por Emília e não era capaz de enxergar tudo isso, muito menos o interesse de Nuria por ele, embora o amor seja mesmo um sentimento indivisível, ou seja, não é possível amar duas pessoas ao mesmo tempo. Isso pode até acontecer, talvez uma combinação de amor e paixão, amar uma e estar apaixonado por outra.

E por residir em Thiago um amor verdadeiro, essa propriedade do amor também se manifestou nele. Nuria tanto se entregou, mas infelizmente o rapaz não se interessou por ela, porque não a amava. Se nutrisse o mesmo sentimento por Nuria, no entanto, teria mais chances de ter um relacionamento mais saudável e estável, pois eram pessoas que poderiam se completar e cumprir um dos grandes requisitos para se ter uma relação sólida: tornar duas pessoas em uma.

Talvez a questão do amor seja somente por meio de conquistas, mas não pode ser uma conquista sofrível, há sempre um meio para alcançar essa conquista, vários são os caminhos para encantar o coração de alguém. Em geral, os sentimentos nascem de tal forma, que parecem existir apenas para contrariar e desafiar. É raro nutrirmos amor por pessoas que também nutrem o mesmo sentimento por nós. Definitivamente, amor é uma conquista e há vários critérios para alcançá-la, talvez seja a mais antiga desde que o homem é homem.

Thiago não conseguira conquistar Emília, mas agora seria a vez de Nuria conquistá-lo. O grande problema seria encontrar a fórmula para tal. Há muitas teorias que dizem existir uma fórmula, mas nenhuma é eficaz, ou seja, o homem nunca a encontrou, o que me faz crer que amor é uma dádiva de Deus.

O rapaz nunca deixou de lutar para conquistar Emília e Nuria nunca conquistou Thiago porque nele ainda havia amor verdadeiro pela Emília e simplesmente não haveria espaço para outro sentimento como o amor. Decidiu lutar por essa conquista porque a desilusão de não conquistar a amada lhe tornaria ateu na religião do amor.

A ingenuidade e a singularidade são algumas das características que existem no amor, e com base nelas as relações podem se tornar mais coesas, sem influências dos diversos fenômenos sociais e até mesmo psicológicos. A natureza humana, quando dominada por certos princípios como a humildade e o respeito mútuo, leva a suportar tudo e, mais ainda, a acreditar em coisas difíceis de crer. Para que o amor seja uma realidade na vida de qualquer um, tem que se fundamentar em certos princípios, tais como a ingenuidade e a singularidade.

Ingenuidade

É acreditar nas coisas de uma forma pura e aceitá-las como elas parecem ser, esquecendo-se da ambiguidade que há em tudo, por exemplo, o bem e o mal. A ingenuidade é uma característica que, em geral, paira sobre os humildes, o que as fazem superar vários preconceitos e levarem a vida de uma maneira mais otimista e verdadeira, ficando alheias ao que acontece no mundo e que contraria o nosso ânimo.

Obsessão cega

A obsessão cega no amor pode tirar a noção quase total da realidade.

Lucas e Márcia

Lucas conhece Márcia

Lucas era um galanteador nato e Márcia era uma moça que se apropriava da alegria como ninguém, o que fazia dela uma pessoa indiscreta. Sua beleza não era do tipo que conquistava implacavelmente o coração de qualquer homem, mas a sua personalidade atraía qualquer pessoa que se aproximasse dela, Lucas era conhecido como um típico Dom Juan.

Ele a conhecera no colégio ainda muito jovens. Naquela época, Lucas tinha 17 anos de idade e ela 16. Pertenciam à mesma turma e não havia grande empatia entre os dois, motivada pela personalidade dele, que era uma pessoa arrogante, apesar de ser amável e muito amigo dos seus amigos. Márcia era uma moça simpática e imprevisível, de uma energia tal que participava de todas as atividades escolares.

A arrogância do rapaz foi alimentada por ser a pessoa mais popular do colégio, e ele sempre caía nas graças das jovens estudantes, que o consideravam muito belo. Mas, apesar de essa opinião ser unânime, muitas se sentiam intrigadas com a personalidade dele, e Márcia era uma delas. Não suportava a arrogância de Lucas. E a tendência era de que sempre houvessem rixas entre eles, mas o destino interferiu em suas vidas, levando-os a se admirar por causa das diferenças existentes entre eles.

Reflexão

O amor se manifesta muitas vezes assim, atraindo pessoas de personalidades muito distintas. E, assim, poderíamos concluir que os opostos se atraem; no entanto, como justificar quando o amor se manifesta em pessoas parecidas? Por isso este é um sentimento que não é fácil de se compreender.

Márcia com câncer e Lucas admira a sua coragem

Enquanto colegas de turma, Márcia viveu um dos piores momentos de sua vida. Teve de lutar contra um tumor maligno, doença que a fez passar todo o segundo trimestre longe das aulas. Sem dúvida a turma viria a se tornar menos alegre com sua ausência, mas graças a Deus ela conseguiu vencer o câncer.

Quando tiveram a oportunidade de visitá-la em sua casa, foi uma surpresa constatar que a alegria ainda estava presente nela. Contou o que havia se passado com palavras suaves, da forma menos dramática possível, confortando-os. E, por fim, prometeu que muito em breve retornaria às aulas.

Aquela visita marcara Lucas positivamente. Nunca viva alguém irradiando tamanha alegria em uma circunstância como aquela. Percebeu que Márcia era diferente das outras moças que conhecia, mais alegre e madura, com disposição para encarar a vida e os obstáculos como poucos. A partir daquele momento ele passou a enxergá-la como uma verdadeira heroína, qualidade que o fez admirá-la e, com isso, tempos depois, surgiu o amor que ele se rendeu com muito agrado.

Seria o início de um sentimento que iria se engrandecer com tempo, resultando em uma autêntica e mútua admiração. E tudo aconteceria de forma muito discreta.

Márcia volta às aulas

Como Márcia prevera, depois de algumas semanas estava novamente na turma com a mesma disposição e alegria, já havia vencido o câncer. Lucas deixou de lado sua arrogância e aproximou-se dela desejando-lhe boas-vindas, disponibilizando-se em ajudá-la no que fosse necessário. Márcia recebeu bem as boas-vindas, mas ignorou a ajuda, pois a personalidade do rapaz ainda não a deixava confortável para encarar aquela ajuda com sinceridade.

Apesar das palavras de Lucas a ter intrigado, percebeu que ele fora muito amável naquela aproximação inicial. Mas, ainda sim, a fez pensar que ele estaria se aproveitando daquele cenário, de sua fragilidade em favor de mais um galanteio seu, que estaria em busca de mais uma de suas conquistas baratas. Em contrapartida, confessou ter sentido sinceridade nele, apesar de não ter crido por completo em suas palavras, as quais foram se repetindo em seu interior. Foi como um ecoar sucessivo em sua mente, tentando convencê-la da boa intenção da iniciativa dele. No entanto, ela foi resistente, ignorando totalmente a sinceridade de suas palavras e, com isso, a tentativa de aproximação de Lucas foi em vão.

Os dias passavam e a relação entre eles não aparentava mudanças, apesar de já haver certa admiração em Lucas. Ele estava se encantando por ela e gostaria de ter alguém alegre assim bem próximo dele. Márcia também já havia conhecido o lado amável de Lucas, mas desacreditava-o, porque a arrogância dele ainda era inaceitável, o que ainda bloqueava qualquer aproximação entre os dois. A moça já havia decidido que ele não era uma pessoa muito boa para conviver e que quanto mais distante dela, melhor seria.

O sucesso de Lucas no colégio era difícil de ser ignorado, embora Márcia se mostrasse alheia a isso. Seu interior gostaria muito que o Lucas amável fosse uma realidade, construiu vários sonhos sobre essa possibilidade. Dizem que as mulheres têm tendências de se atrair pelos homens bem-sucedidos, dominantes e mais cobiçados, isso também estava a influenciar Márcia a ter o moço mais belo do colégio iria lhe tornar mais realizada. Essa fase também era propícia a visão do que poderia ser um namoro com ele. Em geral, as adolescentes têm uma visão muito cor-de--rosa da vida e mergulham de cabeça com facilidade e, com isso, se desiludem com grande frequência.

O panorama estava propício para o nascimento de um sentimento nobre tal como amor, fora o que ela pensara quando tomou conhecimento das palavras de Lucas, da forma com que ele a descrevia como a moça mais alegre que já conhecera, que era também diferente das outras. Então seria uma questão de tempo para que esse tal sentimento tomasse de assalto o seu coração e se transformasse em amor. Tinha esperanças de que isso pudesse mudá-lo, fazê-lo rever vários conceitos em sua vida, e com isso seria o fim do Dom Juan.

Reflexão

Os Dom Juans costumam ignorar totalmente os seus sentimentos, tanto ignoram que quando resolvem relacionar-se seriamente têm dificuldade em conseguir encontrar alguém que corresponda os seus sentimentos, porque não inspiram credibilidade, ou porque nenhuma moça se arrisca em iniciar um relacionamento sério com alguém com esse perfil, justamente porque inúmeros e fugazes romances levam-no a desacreditar que eles dão importância a um relacionamento único e estável.

Na vida tudo tem a ver com o que gostamos e o que aprendemos, e geralmente o que aprendemos passa a ser o que acreditamos. Relacionar-se com várias pessoas ao mesmo tempo nunca foi felicidade para ninguém, apesar da sensação se confundir com felicidade − devido à forma com que olham para nós com certa admiração pelo fato de sermos grandes conquistadores −, esses olhares transmitem sensações que nos levam a acreditar que é necessário termos muitas relações, mas lógico que não é necessário, mas é consequência desses olhares tornarmo-nos vítimas de aplausos que elevam nosso ego de maneira enganosa, não é necessário termos várias relações para termos o ego elevado, mas sim a existência de virtudes em nós. O mundo, às vezes, nos ensina a viver de uma forma que agradamos mais às outras pessoas que a nós mesmos, a consciência é um juiz impiedoso, causa desconforto as suas sentenças quando é ignorado; talvez sempre fora assim, a sociedade promoveu a hipocrisia no ser humano. Eu tenho a certeza que nenhum Dom Juan é feliz somente pelas diversas relações que constrói, porque além da felicidade ser um sentimento que depende de cada um de nós para alcançá-lo em nosso interior, embora emirja com o amor, há também o fato de vários corações quebrados ao longo do tempo por mera vaidade tornando-se uma cobrança na consciência que as atitudes tomadas deveriam ser mais decentes.

A vida apresenta duas características que poucos percebem: de ser igual a uma semente e também de representar um edifício.

Igual a uma semente porque todas as nossas ações quase sempre encontram terra fértil para crescer e produzirem frutos. A maioria produz frutos e consequências, tanto boas como más, por isso devemos ponderar nossas ações e buscar sempre as melhores opções para não pôr em risco a felicidade do coletivo e de nós mesmos.

A vida é como um edifício, porque os dois possuem fundamentos, na vida as várias crenças e doutrinas apesar de haver somente uma que valha a pena, a de Jesus Cristo, e o edifício o seu pilar.

Voltando ao caso de Lucas e Márcia, foi muito bom ele ter se rendido ao amor que nutria por ela, visto que iria levá-lo a portos mais seguros, a fazer melhores escolhas e a ter uma vida mais digna em todos os sentidos. Sabendo da existência do amor e das suas propriedades, é mais fácil lutar pela vida. Esse sentimento é indispensável para qualquer ser humano, pois nos torna pessoas melhores, menos materialistas, nos motiva, nos ensina a ultrapassar os obstáculos da vida.

O amor eleva o ser

Enfim, o amor é um sentimento que atinge proporções difíceis de descrever, por isso até aqui nunca se definiu de uma forma satisfatória. Muitos têm aproveitado para distorcê-lo, tornando-o por vezes perverso e definindo-o de uma forma lamentável.

Pude notar que a alegria que transbordava em Márcia é que faltava em Lucas. O homem busca a felicidade em sua vida de várias formas, às vezes tenta encontrá-la nas alegrias inconstantes. E tendo a Márcia em sua vida, ele teria alegria de uma forma mais constante, dando, assim, a tranquilidade e oportunidade necessária para encontrar a felicidade em si próprio. Com certeza seria um enlace interessante. A arrogância e a amabilidade de Lucas com a alegria e a disposição incomum de Márcia talvez seria juntar o útil ao agradável.

Por que eu veria como o enlace ideal? Porque com o tempo pude notar que certas pessoas arrogantes e amáveis, em geral, usam a arrogância para esconder a sensibilidade que possuem. Essa arrogância esconde, às vezes, também uma timidez excessiva, apesar disso não justificar; acredito que nem sempre é motivada por maldade.

Nessa história toda, Lucas aprendeu a lutar pelo o que queria realmente, apesar de chegar a tal conclusão somente três anos depois, mas não foi tarde porque ainda era jovem – na época estava com 20 anos de idade –, quando decidiu saber mais sobre Márcia, aproximar-se dela, começar a demonstrar a sua admiração por ela, olhá-la como se fosse uma prioridade e a conquista mais importante de sua vida.

Seria uma conquista para vida toda, dedicar-se a ela, lutar para encontrar a felicidade, mesmo que para isso ele perdesse a fama de Dom Juan. Os conceitos de vida de Lucas haviam mudado em todos os aspectos, e a sua forma de ver a paixão e os diversos sentimentos que contrariam ou se associam ao amor. Tornou-se um crente convicto e fiel nessa religião. E sua forma de olhar para as moças mudou; não as via mais como simples aventuras e conquistas.

Márcia admira Lucas mesmo não aceitando

Voltando ao tempo de colégio, a forma que Márcia definiu a personalidade de Lucas foi um conflito constante em seu interior, ignorou o sentimento de admiração que nasceu daquela conversa que teve com ele na volta às aulas, após vencer o cancro. Ignorou, mas não o eliminou pois teimava em morar em seu coração e esteve sempre presente nela, apesar do desabrochar tardio. Sentimento alimentado pela esperança de haver não um Lucas arrogante, mas mais amável, capaz de amar.

Felizmente o desabrochar do sentimento não foi tão tardio para se tornar em mais uma história de amor que o tempo definiu, as personalidades distintas não o sufocou, nem mesmo o preconceito pode vencer, por causa da admiração que havia entre eles. Com isso, pude aprender muito sobre as relações, que a admiração seria também fundamental para começá los e mantê -los, seria o primeiro aspecto que diferencia o amor da paixão, enquanto um busca no ser o motivo para criar e começar um relacionamento, a paixão busca no material, geralmente nas feições o único motivo para alcançar uma relação tornando a mais instável e com menor capacidade de sobrevivência.

Apesar da ignorância de ambos, não foi fácil ignorar aquele sentimento por muito tempo, e mais difícil ainda aceitar sua existência. O orgulho e a vaidade do Dom Juan o fez não acreditar que o que sentia por Márcia estava afastando-o das outras moças. E ela não aceitava que poderia nutrir um sentimento por um arrogante Dom Juan e acreditava, com convicção, que correria perigo, que cairia em mãos erradas se deixasse se levar.

Lucas e Márcia dançam na formatura

Por conta disso, terminaram o colégio sem mergulhar naquele sentimento que nutriam um pelo outro e buscaram várias formas para se desfazerem dele, desde a ignorância até mesmo a procura de outros parceiros. Mas na festa de formatura puderam trocar olhares que não escondiam a preocupação que trazia diante da separação. Lucas pediu para dançar com Márcia, e ela só aceitou pela insistência das amigas. A moça estava convicta quanto a Lucas e não mudaria de ideia por nada, a não ser por um amor que cresceu e lhe arrebatou das próprias ideias e conceitos.

Márcia foi uma moça educada por princípios cristãos, acreditava no respeito mútuo como essencial para uma boa convivência. E, por isso, a presença de Lucas tornou-se um incômodo para ela, visto que a arrogância dele muitas vezes motivava situações que transmitiam um complexo de superioridade, muitas vezes desrespeitava outras pessoas, os colegas de turma. E tudo isso levava a crer que ele nunca estava errado.

O que mais perturbava Márcia era a forma leviana com a qual conduzia as suas relações. Era infiel, mantinha vários namoros ao mesmo tempo, não tinha comprometimento com nenhuma relação e não se importava com o sofrimento alheio causado por suas aventuras. O que mais lhe importava era manter fama de maior conquistador do colégio.

Reflexão

O colégio é uma fase da vida que queremos que fique marcada em nossas vidas e memórias, por isso nos esforçamos para que isso aconteça. Nela encontramos as primeiras tribos com identidade e crenças em comum, criamos grandes laços de amizades e lutamos para atingir o topo da fama. Queremos ser conhecidos por vários motivos, desde os bons até os mais inusitados. É uma questão de ser aceito ou não, ser especial para alguns ou mesmo para todos. E, para que isso aconteça, vale quase tudo: ser o mais inteligente, traquino ou mesmo o galã, o conquistador que está no topo da hierarquia, o que leva todas as moças a suspirar.

No colégio vivemos grandes aventuras que moldam o nosso caráter e também descobrimos a competição que viríamos encontrar mais tarde em todos os ramos da nossa vida. O colégio foi, sem dúvida, um grande preparo para a minha geração de amigos, que, apesar das muitas diferenças, conseguimos criar um sentimento de muita estima entre nós, embora estejamos separados pelo o rumo que a vida de cada um tomou. Há sempre encontros nos quais olhamos para trás e rememoramos os velhos tempos. Foi em um desses que pude descobrir mais informações sobre Lucas e Márcia.

Lucas procura Márcia

Quando a visitou em sua casa naquela época, Lucas soube onde ela residia e com isso, apesar do afastamento que houve devido o ingresso na faculdade, ele sabia exatamente onde encontrá-la. Duas semanas após a formatura, a procurou, deixando de lado todos os sentimentos que o faziam entender que seria uma banalidade estar próximo dela. Lucas, no entanto, não teve sucesso nas primeiras visitas. Parece que nunca a encontrava em casa e quando a encontrava, ela estava sempre dormindo. Talvez fosse uma forma de evitar a sua presença, era o que a doméstica sempre lhe dizia.

A persistência valeu a pena, um dia cansou-se de tocar a campainha e mudou de estratégia: passou o dia todo espiando a casa dela e conseguiu surpreendê-la quando estava indo para o curso de inglês. Tirou ainda alguns segundos para respirar fundo e os seguintes para encontrar as motivações que o levaram a aceitar que estar longe dela não era o ideal para ele. Convenceu-se de que era o momento certo para tentar uma aproximação, visto que estariam a sós. Havia uma distância considerável até chegarem ao curso de inglês, entre quinze e vinte minutos seriam o suficiente para abrir o coração e falar palavras que a convencessem que não era mais uma conquista, que a admirava verdadeiramente, que queria cuidar dela, dar o melhor de si para ela.

A pressão do momento tomou conta dele, apesar de não ter sido suficiente para travar o rumo de seus passos. Estava tão intranquilo e pensando no que falaria, que nem se deu conta de que havia se aproximado. E, diante dela, a cumprimentou de uma forma tímida, algo que a surpreendeu. Tal timidez demonstrou claramente que era uma situação diferente, o moço confiante e arrogante não teve tempo de imergir, e isso a comoveu e fê-la ouvir o que ele tinha para lhe dizer. Lucas se perdia nas palavras, a verdade que provia dele era tão clara mas não conseguiu expressar exatamente o que desejava, no entanto foi capaz de tocar o coração de Márcia e comovê-la da forma que desejava. Disse-lhe que gostaria de se aproximar, criar a amizade que nunca houve entre eles, e com isso derrubou o muro que o preconceito havia construído nela, o qual impossibilitava uma relação mais próxima entre eles. A moça decidiu lhe dar essa oportunidade devido à possibilidade de haver um Lucas que tanto desejava, o Lucas amável.

Apesar de Márcia mostrar um pouco de hostilidade no início da conversa, com o tempo ela se envolveu pela verdade que havia entre eles, a admiração que um nutria pelo outro e o sentimento que dele surgiu e resistiu à ignorância e ao preconceito por parte de Márcia, deixando fluir essa mesma admiração que já morava há algum tempo em Lucas e que se tornou parte do seu coração. O tempo parecia passar mais devagarzinho e ter parado, em um momento, por alguns instantes, e ter sido curto para amparar e abrigar aquele momento pleno em amor. Quando despertaram do encantamento mútuo estavam em frente ao curso de inglês de Márcia e ainda havia muito para dizer, tinham a sensação de que não tinham falado tudo um para o outro. A timidez se apossou de Lucas, não permitindo que ele a convidasse para sair. As palavras que faltaram em Lucas foram as mesmas que não foram ditas por Márcia. Havia entre eles a certeza do quão havia sido maravilhoso aqueles vinte e cinco minutos, os quais tornaram-se os mais importantes da vida deles até hoje. Foram minutos que o amor imperou na vida dos dois como nunca, poderia se dizer que, literalmente, o amor estava no ar e que pela primeira vez estavam conhecendo o perfume que ele exala.

Reflexão

É sempre inspirador estar ao lado da pessoa amada, transmite uma sensação impossível de explicar tamanha a paz e a vontade de continuar a viver aquele momento, que é imensa. Difícil é encontrar palavras para descrevê-lo. Pude viver vários momentos parecidos, ou seja, pelo menos três vezes; talvez eu tenha um coração fácil de arrebatar e conquistar. Sempre vi com bons olhos ser refém do amor, não me canso de dizer que vale sempre a pena porque, apesar de muitas vezes não conseguirmos atingir o nosso objetivo de conquistar a pessoa por quem decidimos aceitar como o nosso grande amor, partilhar vários momentos simples, mas valiosos em termos sentimentais é sensacional.

Otimismo conduz à conquista

Para alcançar o cume da conquista é necessário que se tenha otimismo. O trilho que leva até ao almejado pico é longo, cheio de obstáculos. Para superá-los, deve-se acreditar e não desaminar; apelar à visão que determinou o primeiro passo rumo à jornada.

Um simples fechar de olhos pode nos transportar ao cume, revestindo-nos de bom ânimo para o desfecho dessa longa caminhada que determina a tão desejada conquista.

E o amor não escapa disso, de tentar perspectivar como poderá ser essa vivência. Talvez por isso nunca vi alguém que foi arrebatado por esse sentimento triste, há sempre um sorriso a mais, uma certeza que tudo vai dar certo até mesmo quando há grande probabilidade de fracasso. A alegria que nos atinge por viver esse sentimento nos faz voar, ter a certeza de que podemos superar qualquer dificuldade e atingir as nuvens.

Também há crença de encontrar a plena felicidade somente no amor, é um grande estímulo, acreditamos encontrar a plenitude e a grandeza da felicidade no amor, que nada pode oferecer à felicidade, nada que conhecemos fora do ser, nem mesmo as maiores riquezas jamais imagináveis, pois é algo que não se pode tocar, apenas sentir.

O amor cresce em Lucas e Márcia

Foi esse sentir que foi se multiplicando na vida de Lucas e de Márcia enquanto o tempo passava. Os encontros se tornaram cada vez mais rotineiros entre eles desde o dia em que Lucas a surpreendera a caminho do curso, apesar de nos primeiros dias ser pelos motivos mais banais, ninguém queria dar o braço a torcer, se deixar levar pelo sentimento que já existia entre eles. Apesar disso, não deixaram de tentar repetir ou mesmo superar o momento vivido naquele dia em que ele a surpreendera. Momento esse que não envolveu demonstração de afeto por meio de beijos e abraços, nem de outras coisas que nós definimos como a melhor forma de começar um relacionamento, essa mesma definição que tem perturbado muito as pessoas e levando-as a construírem relacionamentos em fundamentos irreais, por isso tornam-se frágeis e fácil de ser destruídos, sendo o tempo o primeiro vilão. Pude entender que amor, definitivamente, não é aquilo que a mídia tenta mostrar, é algo mais além, algo que ultrapassa o nosso entendimento. Cada um deve procurar o amor em si, aceitá-lo e usar essa grande dádiva que a vida por si só nos oferece.

Tempos depois, Lucas conseguiu superar a timidez – própria de um homem tomado pelo amor –, e fez o convite tão esperado por Márcia para ir ao cinema. Ela, como sempre, não demonstrou grande entusiasmo, apesar da alegria fluir em seu interior quando recebeu o convite, que já havia sido aceito antes mesmo de ter sido feito. Ela o desejou depois de se aproximarem.

Pouco a pouco as coisas começavam a se conduzir bem, e o sentimento que os unia era cada vez mais visível, apesar de todas as formas que fizeram para negá-lo no passado. Lucas contava os minutos para encontrar Márcia, que por sua vez desejava ser sempre surpreendida por ele. O novo Lucas soube encantá-la por agir muito diferente do Lucas que ela conhecera no colégio, e ele aprendeu a interessar-se também pelas crenças que regiam a vida dela.

Chegara então o dia tão desejado por Márcia e muito esperado por ele, que era o de chegar à casa dela e levá-la ao cinema. Seria sinal de que Lucas estava se envolvendo seriamente em uma relação que combinava admiração e flexibilidade e que os levava a uma mesma perspectiva de vida, a alcançar os planos que cada um traçou para uma vida juntos.

Era por volta das 17 horas de um sábado, 7 de julho, um dia perfeito para um casal de namorados. O céu azul dava lugar à sombra da noite, na qual pouco a pouco começaria a abrigar cintilantes estrelas e astros, que causariam sobre o imenso céu reluzentes luzes com brilhos astutos. Em Lucas imperava um nervosismo que se alternava com o entusiasmo de continuar essa conquista que a cada dia se tornava mais evidente. Ele estava tão intranquilo que pareceu ter levado pouco tempo para chegar à casa dela, se deu conta disso quando já estava tocando a campainha. Para o pânico se instaurar de vez em seu semblante, foi o pai dela quem lhe abriu a porta. Ficou meio sem graça, não sabia ao certo o que dizer. O pai perguntou o que o levou até a sua casa e ele, timidamente, respondeu que procurava por Márcia. Seguiram-se algumas perguntas formais e, depois, o convite para entrar e esperar. Lucas sabia que seriam os minutos de espera mais longos de sua vida, ainda mais por estar na presença do pai de Márcia.

As mulheres geralmente fazem os homens esperarem nos encontros, até agora não sei o porquê, talvez seja uma carta guardada na manga para elevar a importância dos encontros ou levar os homens a um nervosismo extremo. Mas a espera sempre vale a pena, porque, quando chegam, o perfume toma conta do ar e uma beldade que encanta o nosso coração aparece, como se pudesse ser assim para sempre, por toda a eternidade.

E com Lucas não foi diferente, foi a primeira vez que pôde constatar a beleza que residia em Márcia, apesar de ela se apresentar de uma forma informal, como a situação exigia. Fizera uma combinação tal que emergiu em si a beleza que há muito estava adormecida, apesar de ser uma moça que estivesse sempre bem apresentada, mas era muito reservada, sabia ser discreta na sua indumentária.

    Quando Lucas já havia superado o nervosismo de estar diante do pai dela, o qual estava se tornando familiar para ele, Márcia apareceu esboçando um sorriso no rosto que seria um dos mais lindos que ele jamais conhecera. Ela, no entanto, não fez-se indiferente à tamanha alegria que havia lhe possuído desde o primeiro momento que o convite lhe foi feito, mas tão imensa era a alegria que transbordou e contagiou a sala toda.

    Antes de saírem, não poderia faltar a pergunta que é habitual dos pais: quis saber quando ela voltaria em casa. Seria por volta das 20 horas, mas, conscientemente, foi prudente ao aumentar mais uma hora, imaginou que poderia apetecer-lhe ficar mais um tempo com Lucas. Ele se despediu dos pais dela e ambos saíram.

    Lucas, logo depois de saírem, disse que tinha um segredo para confidenciar para Márcia. Ela, por sua vez, se animou e quis saber logo do que se tratava. O rapaz, discretamente, aproximou-se de seu ouvido e disse que ela estava linda, uma verdadeira beldade, digna de ser admirada infinitamente. Isso fez trazer o sorriso que Márcia teimava em não lhe entregar. Foi um bom começo para uma noite que iria abrir espaço para o sentimento imperar em suas vidas.

    Não podemos nos esquecer que Lucas era um Dom Juan, e por isso sabia fazer muito bem o uso das palavras. Sabia como e o que dizer, no momento certo e da forma correta, apesar de ter mudado muitos conceitos em sua vida, mas ainda assim existia nele o personagem que sabia encantar e conquistar o coração das mulheres de uma forma que poucos sabiam. Tínhamos essa sorte; ele mais do que eu.

    Os ingredientes estavam prontos para um dia inesquecível, só faltava combinar os sentimentos que havia em cada um deles para dar aquela sensação de perfeição. A sessão que eles escolheram até que exibiria um filme interessante, uma versão moderna de Romeu e Julieta, que os seduziu mais ainda na crença do amor, apesar de não estarem preparados para um fim tão dramático, mas decidiram lutar pelo amor. Apesar de que cada um refletia de uma forma individual e não perceberam que haviam, ao mesmo tempo, tomado aquela decisão de se aventurarem mais e viverem o amor com uma intensidade que jamais conheceram até aquele dia. Experimentar o amor verdadeiro se tornou uma opção muito desejada por eles.

Aquela situação toda resultaria no primeiro beijo de Márcia, talvez no centésimo de Lucas. Em geral, os homens tendem a viver mais relações e a crer que quanto mais mulheres passarem por suas vidas, mais homens serão. Isso não é bem assim, o que nos tornamos é o que almejamos e fora disso deixamos de ser... Embora as diferentes situações em nossas vidas se tornarem experiências para encarar novos desafios.

O filme havia terminado há pouco tempo. Notaram que restara mais uma hora para eles, visto que prometeram voltar para a casa dela às 21 horas. Então tiveram tempo para aqueles momentos próprios de casais apaixonados, de admirar tudo ou quase tudo até as coisas mais simples, como as estrelas que todas as noites nos acolhem e que nunca paramos para prestar atenção. Amando olhamos para elas talvez porque nos lembram o radiar que impera em nossos olhos quando o amor toma conta de nós. E é aí que começam os galanteios, o dia torna-se mais lindo, tudo nos contagia, mas o que mais importa é estar ao lado da pessoa amada.

Com os lábios trêmulos, Lucas não hesitou em dizer que tudo que os rodeava era belo, mas que o mais belo estava ao seu lado. E Márcia não encontrou palavras para lhe dizer e reagir à sua declaração, nem mesmo achou sorriso para retribuir, mas o seu olhar fazia um pedido que Lucas compreendeu. Ele soube responder ao pedido, não hesitou em encontrar os seus lábios de imediato e com efeito surpresa tornar aquele beijo não só o desejado pela Márcia como o tão sonhado.

Foi o início de um amor platônico para os dois, perdidos nesse labirinto que é o amor. Pelo visto a saída tinha surtido o efeito desejado, aproximarem-se ainda mais, deixar que contemplassem em cada um o amor que havia neles há algum tempo. Acho que bateram o recorde do primeiro beijo mais longo, tamanho o casamento entre os lábios, a sensação era de terem nascido para estarem juntos, parecendo que cada um levava a porção que o outro havia perdido, completando-se quando seus lábios se encontravam; isso os levou a compreender que estavam condenados a ficarem juntos.

Se não fosse o tocar do alarme das 21 horas não voltariam para terra tão cedo. A preocupação tomou conta deles, teriam que estar na casa de Márcia naquela hora, por isso apressaram e não ouve tempo para explicações sobre o que significava aquele beijo, pois a missão agora era chegar o mais rápido possível à casa dela para que não houvesse um mal-estar por não cumprirem o que haviam combinado com os pais dela.

Foi bom não estarem tão longe e dez minutos depois já estavam na porta dela, e por isso Lucas foi menos ousado e lhe deu um beijo na testa e despediu-se dela sem muitas palavras, com um simples boa noite, e a deixou.

O brilho nos olhos da Márcia não pode iludir a sua mãe, seu rosto era imagem transparente de uma moça apaixonada. Preferiu não fazer perguntas para não deixá-la constrangida, também confiou na amizade que havia entre elas, logo Márcia chegaria até ela e lhe contaria o que havia acontecido, talvez na manhã seguinte.

A sensação de amar e ser amado havia tomado conta deles naquela noite e, com isso, reflexões surgiram, sonhos tomaram conta daquela noite cheia de estrelas, as quais testemunharam o começo de mais um romance, pelos motivos certos, desde a admiração mútua como a flexibilidade que se instalou entre eles, tornaram esse enlace perfeito. O que Lucas não encontrava em si buscava em Márcia e o que Márcia não encontrava em si tinha a certeza que encontraria em Lucas. Passar o resto da vida juntos tornou-se uma necessidade.

A noite foi longa para ambos e o dia nasceu com gosto de paixão. O prazer daquele beijo tinha rompido a fronteira do material, chegou até a alma e com isso todas as forças que contrariavam a manifestação daquele sentimento tornaram-se frágeis para impedir a sua existência. Entre reflexões e sonhos faltava uma coisa, explicar o que viria acontecer após aquele beijo, se começaria uma relação formal e, acima de tudo, o que viria a significar para eles essa mesma relação.

Assim, Lucas acordou com a inquietação de dar uma explicação pelo que havia acontecido, apesar de as vezes ser quase impossível descrever com clareza os sentimentos. Márcia acordou com desejo de repetir aquele beijo. Ele fora tão marcante que sempre o buscava a em sua memória, para pode reviver aquele momento que tinha representado o amor de uma forma que nunca tinha vivido, ouvido e conhecido. Estava totalmente encantada e embalada pela sensação de encontrar o amor nos braços de Lucas.

Ele teve de esperar mais um dia para explicar acerca do que havia se sucedido após o cinema, o que representava realmente aquele beijo ousado, porque domingo era um dia que Márcia preenchia com várias atividades na igreja, por isso não seria o momento certo para abordá-la e falar sobre o que havia sucedido, sobre aquela situação que ele mesmo ainda não encontrava palavras para explicar. Confuso, ele aproveitou para treinar, ensaiar várias retóricas para que tornasse menos confusa aquela situação.

Faltavam palavras, mas não faltava sentimento e isso tornava mais simples a resolução dos problemas, e trazia-lhe a certeza que deveria levar a sério o relacionamento entre eles, isso se viesse a concretizar-se.

Para Márcia, cada segundo longe de Lucas tornava o dia mais longo e por isso foi difícil se concentrar em suas atividades naquele dia. Com grande expectativa esperava o próximo encontro dos dois. Gostaria que fosse logo no dia seguinte, na hora do seu curso, visto que tinha a esperança que Lucas aproveitaria aquele momento para, novamente, se aproximar dela e repetir o beijo.

Engraçado que enquanto Lucas estava aflito porque não sabia qual seria reação de Márcia depois do beijo, ela estava ansiosa por um novo encontro ou pelo menos por uma ligação, tornando-se um pequeno sofrimento essa indefinição entre eles, afinal qual seria o valor dela para Lucas? Refletiu muito sobre isso naquele intervalo de tempo.

Nessas inconstantes emoções passou aquele dia enquanto um procurava definir qual seria a reação do outro. Márcia, por sua vez, pensava que talvez não houvesse um interesse sério por parte dele, não sabendo qual seria a real motivação daquele beijo atrevido, tomando, assim, a decisão de abrir o coração, falar dos sentimentos que se apoderaram dela depois dos sucessivos encontros e do quanto esse sentimento havia se tornado profundo para ela. E uma característica da mulher apaixonada é arriscar tudo pelos seus sentimentos.

Lucas sabia onde buscar conselheiros e não hesitou em chegar até mim. Contou-me o que se passava, mas sem dar grandes detalhes, apesar de eu não acreditar que as coisas estavam tomando um rumo tão sério. Engraçado como aquela situação toda havia lhe tornado manso, não tinha a confiança de outras vezes, de outras conquistas. Eu lhe disse que deveria levar em frente, embora eu não achasse que Márcia fosse das moças mais belas, mas que tinha uma personalidade irrepreensível que a tornava a mulher ideal para levar adiante um relacionamento sério. Com meu senso de humor também disse que se não fosse sério não seria anormal, visto que nunca deu valor a nenhuma relação até aquele momento. Essa conversa aconteceu na manhã de segunda e Lucas teria a tarde para encontrar-se com ela, exatamente no horário em que se tornara um costume para eles.

Costume porque, mesmo depois de muito tempo de relacionamento, sempre buscavam utilizar aquele horário para várias atividades como casal. Valorizavam muito as coisas que os levaram a construir o relacionamento que tinham, tornando cada hábito adquirido uma espécie de lei para regê-los e um termômetro para medir a temperatura do relacionamento.

Pude aprender com eles que o segredo para o sucesso de uma relação é preservar as coisas boas que uniram o casal, e muitos têm falhado nisso, fragilizando, assim, a estrutura do relacionamento e fazendo que, com o passar do tempo e com as muitas situações que acontecem na vida, resultem em uma separação, exatamente porque deixaram de lado as bases que os motivaram a ficarem juntos e os momentos alegres e de plena ingenuidade.

Lucas decidiu aceitar o meu conselho e mostrar que tudo era sério, que queria construir um relacionamento com a Márcia. Com isso deixou que o sentimento fluísse e conduzisse as suas palavras.

A ânsia venceu Márcia e resolveu saiu uns dez minutos antes do habitual, para a sorte de Lucas, que a estava esperando há meia hora, poupando-lhes de mais alguns minutos de grande tensão e de certo sofrimento. Lucas chegou até ela e paralisou-

-se totalmente, tentou falar, mas as palavras não saíam porque o nervosismo havia tomado conta dele. Márcia precipitou um beijinho, pegando-o de surpresa, mas foi a dose necessária para ele ficar calmo e dizer que o beijo, apesar de ser reflexo da emoção que havia tomado conta da situação depois do cinema, também foi motivado por um sentimento sério que o levou a procurá-la várias vezes após o fim do colégio.

Era o que Márcia queria ouvir, disse que o mesmo aconteceu com ela, que o sentimento brotou pela dedicação de Lucas, que a companhia que lhe fazia todos os dias até o curso serviu para fortificar o que sentia e saber que a ideia que ela tinha dele não era de todo certa. Lucas se surpreendeu com aquelas palavras. Notou que já haviam criado certo laço apesar de ser de uma maneira informal a relação existia, e a forma que puderam encarar as coisas foi fundamental para tudo o que construíram, mesmo antes de se tornar formal, da admiração, da flexibilidade e depois, também, da cumplicidade que descobriram entre eles, nascendo um sentimento nobre, forte e de dimensões impossíveis de descrever.

Apesar de não acompanhar de perto a história deles, as palavras que deles saíram para descreverem como tudo aconteceu me motivou a contar esta história, apesar de não demonstrar a proporção exata e real do amor que vivem. No entanto, me esforcei para fazer vocês perceberem que eles construíram a relação com base na admiração, cumplicidade e flexibilidade.

Admiração

É um conjunto de qualidades que tornamos as ideais para pintar a nossa vida, os tons onde encontramos a alegria, e quando descobrimos nas pessoas não queremos que elas se afastem de nós, crucial para construir as relações (amizade etc.) e fundamental para os casais.

Cumplicidade

Qualidade que permite entendimento entre pessoas que possuem relação, evitando interferências nos ideais ou crenças, coloca-se entre duas pessoas aproximando e levando-as a aceitar as diferenças, ensina a ouvir o que o outro tem a dizer mesmo quando não concorde, permitindo assim um diálogo eficaz, e convivência saudável. Ela é que faz com que as pessoas abracem um projeto de vida tornando-o comum apesar da diferença de personalidade.

Flexibilidade

Qualidade que nos faz tolerar as falhas das outras pessoas ou diferenças. Em relacionamentos, apesar de haver sentimento mútuo, também há diferenças e erros, e a tolerância faz com que essas diferenças e falhas se tornem menos relevantes; sendo assim para ter uma relação não conflituosa há que ser flexível.

Pedro e Maria

Onde encontrar o amor

A história dos dois ensina que podemos encontrar o amor onde menos esperamos. As pessoas em geral idealizam o melhor para si, dedicam-se a encontrar e conquistar o ideal, sendo assim definimos de princípio onde e como achar o que idealizamos.

Pedro sempre teve muita convicção nos conceitos que regiam sua vida, traçando o perfil desejado dos locais que frequentava e das pessoas que poderiam fazer parte do seu mundo. Dizia que a sua namorada nunca poderia vir de um baile, visto que para ele, geralmente, é frequentado por mulheres levianas e porque temia se apaixonar se por uma moça que não levasse a sério os seus sentimentos, mas que valorizasse mais as fugas noturnas para encontrar as alegrias que o mundo procura nas sombras das noites.

Maria, apesar de ser uma moça de muitas virtudes, não havia encontrado o que buscava: uma pessoa para partilhar os seus dias, confiar os seus sentimentos. Isso poderia nunca acontecer porque havia se decepcionado muito justamente por ver a vida dessa forma e por ter confiado seu coração a outras pessoas, por isso decidiu descobrir o que poderia encontrar nos bailes que acontecem aos fins de semana. Queria acalentar o seu coração, se deixar levar pelo ritmo das músicas que se apoderam da atmosfera pela madrugada afora. Talvez essas saídas noturnas pudessem lhe oferecer o que ainda não havia encontrado nas relações que teve anteriormente.

Pedro levava tão a sério a crença no casamento religoso e a preservação da moral tradicional, que, apesar de já ter 25 anos de idade, nunca havia vivido uma única relação de namoro. Os seus ideais tornaram-se um entrave, pois fugiam da realidade que a vida poderia lhe oferecer. Na vida tudo não é taxativamente definido, visto que ainda há muitos fenômenos que carecem de compreensão e definição, fenômenos esses que chegam a contrariar a nossa visão sobre a vida. No caso do Pedro, ele havia definido os bailes como um local de mulheres perversas. Na minha opinião também há mulheres decentes, o anseio na busca pela felicidade leva certas pessoas a frequentarem essas baladas, mas a fazê-lo de uma forma muito agressiva, chegando algumas vezes, infelizmente, a se tornarem imorais. Pedro ignorava o fato de que há muitas pessoas que ainda buscam meios para encontrar a felicidade e apropriar-se dela. Muitas dessas pessoas se refugiam nas alegrias que essas baladas oferecem enquanto não chega a felicidade almejada. Havia outros locais onde poderia encontrar a namorada que ele idealizava. Todos estavam cansados das suas justificativas de não se relacionar como única moça, isso também o levou a criar uma pressão em seu interior. Observou as diferentes relações de namoro que o cercavam, concluiu que seria bom para ele, abriu mão um pouco das suas convicções e correu atrás da relação que todos esperavam que ele experimentasse. Pressão essa que resultou na busca pelo amor onde ele nunca pensou que pudesse encontrar: em uma balada. Em meio a esses conflitos de crenças, ideais e realidades em uma dessas noites conheceu Maria.

Não posso dizer que veio a conhecer, mas que os seus olhos puderam encontrar a Maria e a partir daí decidiu aproximar-se dela. Com certeza foi mais uma das intrigas do destino porque foi logo na primeira noite de Maria nesses bailes. Se Pedro não tivesse abandonado sua rotina, nunca teria conhecido Maria, visto que era uma moça estudiosa, caseira e não tinha os bailes como uma forma de passar seus tempos livres.

Reflexão

Com isso pude ver que a vida, apesar de ser reflexo das nossas crenças, o mundo não gira em torno disso e liberta-nos das barreiras que algumas crenças criam. E foi exatamente isso que aconteceu com eles, o destino queria dar uma ajuda e conseguiu em tempo recorde.

Helton se interessa por Maria mas Pedro se encanta por ela

Quem realmente despertou interesse por Maria foi o Helton. Chegou até ela, trocaram algumas simpáticas palavras e, por fim, os números de telefone. Helton, no entanto, saiu contrariado porque não encontrou em Maria a mulher a ideal e por isso desistiu logo dela. Pedro pareceu estar alheio àquela situação, mas logo depois fez várias perguntas a Helton sobre ela, e em um momento de descontração, alguns dias depois, Helton lhe disse que não era a pessoa ideal para responder àquelas perguntas e que se Pedro quisesse saber mais sobre ela tinha o número de seu telefone para lhe fornecer.

Pedro se sentiu meio ofendido descartando por completo essa possibilidade, ele não queria confessar que estava de fato encantado por uma moça que encontrou em uma balada, contrariando tudo o que dissera naquela época, e não queria ser visto como covarde por buscar informações sobre ela por intermédio de outra pessoa.

Curiosamente, o mesmo havia acontecido com a Maria, algo em Pedro a encantou. Viu nele certo charme que alimentou o seu encantamento por ele, preservou esse sentimento por saber que o encontraria se desse continuidade à sua amizade com

Helton, por isso esperou com um certo entusiasmo a ligação do Helton que nunca veio acontecer.

Pedro telefona para a Maria

Foi muito melhor do que ela esperava, Pedro decidiu despir-se do orgulho e aceitou a proposta de Helton. Cinco dias depois ele ligou para Maria e por incrível que pudesse parecer ela conseguiu reconhecer sua voz, visto que Pedro tinha uma voz particular, meio rouca e grave, a qual também fez morada na mente dela. A conversa inicial fluiu bem, típica de pessoas que estavam se conhecendo. E quanto mais se desenvolvia essa conversa, mais aumentava o interesse entre eles. Notaram que poderiam ter muitas coisas em comum, criar uma relação, tornar essa aproximação cada vez mais confortável e interessante para ambos.

Foram quase duas horas de interação, falaram sobre muitos assuntos. Quando terminou a conversa tiveram a sensação de que muitas palavras não foram ditas, ficaram escondidas dentro de si, ou seja, o essencial, ainda era prematuro para dizerem certas coisas, mas a forma que a conversa transcorreu traria boas expectativas para eles. Com certeza não perderam oportunidade de combinar um encontro para tornarem amizade que estava a começar mais profunda.

Apesar de terem conversado sobre assuntos diversos, ninguém ousou perguntar se estavam comprometidos. Quando Helton perguntou ao Pedro se Maria havia respondido às suas questões com a discrição que desejava ele disse que sim, mas que, no entanto, não sabia o que poderia acontecer, apesar de Maria ter sido muito simpática com ele, e por isso não deixou morrer a esperança quanto ao início de uma amizade. Agora só faltava a certeza de que ela estaria disponível para um próximo passo.

Reflexão

Há homens mais ousados que não tem receio nenhum em saber se as moças que os interessam estão sós ou não, porque para eles não faz nenhuma diferença. No caso de Pedro, esse detalhe fazia toda a diferença, por ser conservador e porque estava realmente se envolvendo com ela.

Maria toma iniciativa

Maria soube lidar com esses receios de Pedro e foi ela quem tomou a iniciativa na maior parte das vezes em que ele ligou. A moça sabia que poderiam ir mais além, que a inexperiência de Pedro não seria obstáculo nenhum para eles se relacionarem de uma forma mais profunda e transparente. Sem nenhum receio, soube traçar o trajeto que ele precisava para alcançar o seu coração e conquistá-la.

Para Pedro aquela situação havia se tornado um desafio, porque estava sendo pressionado para que pelo menos encontrasse alguém para compartilhar os seus ideais, para que parasse de dar desculpas por nunca ter se relacionado profundamente com uma mulher. E com isso sentia-se obrigado a não falhar na conquista de Maria, torná-la a sua primeira-dama e deixar de ser alvo de insultos.

É comum entre os homens haver certa disputa para ver quem é o maior conquistador. Isso acontece em quase todos os grupos sociais, desde as classes sociais mais elevadas até as mais simples, é um conceito que impera nas sociedades há muito tempo. O homem que coleciona muitas mulheres é visto com certa admiração pelos outros que o rodeiam, mas por quê? Faz parte de um ego pouco saudável, algo que aprendemos nas diferentes convivências que durante a vida conhecemos.

A fragilidade do coração partido de Maria a tornou vulnerável a começar um relacionamento, mesmo que fosse motivado por questões não muito sólidas, mesmo que Pedro nutrisse por ela uma simples paixão, ou até mesmo a relação com Pedro preenchesse a distância que a separava do seu grande amor. Isso tornou as coisas mais fáceis para Pedro, todos duvidavam que ele pudesse conseguir. Confesso que eu também não estava muito crente no seu sucesso, mas felizmente o tempo ia passando e as coisas iam ficando cada vez mais favoráveis para ele, contrariando todo mundo.

Logo a resposta tão esperada por Pedro chegou em um dos telefonemas que fez para Maria. Ela disse para ele que estava só, e foi clara ao dizer que o achava interessante; e perguntou o porquê de ele ter ligado para ela quando tinha dado o seu número ao Helton. Pedro não soube o que falar, mas para não o confundir foi clara dizendo que, apesar de tudo, estava gostando de suas ligações, que ele tinha uma voz incomum que lhe transmitia muita confiança e honestidade. Era sempre bem-vindo qualquer gesto de aproximação que viesse dele. Achava que ele tinha boas intenções. Por alguns instantes pareceu que era Maria quem estava querendo conquistá-lo, pois Pedro não teve reação para tomar as rédeas do jogo, deixou-se dominar pela timidez, própria de um homem inexperiente.

O orgulho masculino também o deixava desconfortável porque não é muito comum que uma mulher conquiste um homem com galanteios. Na sua visão conservadora, sempre idealizou conquistar alguém que se adaptasse ao seu projeto de vida. E, com isso, o jeito de ser de Maria o fez se autoquestionar se seria ela a moça que ele tanto esperou. A sua maneira de demonstrar, encarar as situações lhe constrangia; outro agravante era o fato de tê-la conhecido em uma balada, o que fez com que Pedro ficasse mais uma vez com um pé atrás e a olhasse com outros olhos, com certa desconfiança, apesar de não desacreditar da sinceridade de suas palavras.

Se ele não encontrasse justificativas coerentes poderia sofrer várias represálias dos amigos e por isso resolveu não se afastar dela. Apesar de tudo, quanto mais interagia, mais se interessava por ela, embora não conseguisse se soltar. Tudo aquilo era uma realidade nova para ele, por isso dificilmente levaria a cabo a conquista da forma que sempre idealizou, galanteando a moça. Claro que Maria não era uma moça leviana, muito pelo contrário, sempre fora uma pessoa realista, com os pés no chão. Por conta disso compreendeu que, apesar de Pedro ser inexperiente, e ingênuo até certo ponto, ela iria reagir de uma boa forma para que as coisas se tornassem confortáveis para ele, porque se tratava de um homem de caráter. Tal virtude a fascinara logo na primeira ligação que o rapaz lhe fez.

O caráter de Pedro

Pedro era uma pessoa transparente em tudo, notava-se isso logo no primeiro olhar, nele não havia qualquer maldade, e suas atitudes também refletiam isso. Sempre fora uma pessoa de atitudes nobres, fazer o bem parecia ser uma obrigação para ele. Herdara isso da educação recebida pelos pais. Nunca deixou de honrar os conceitos que eles lhe transmitiram. Por isso, com o passar do tempo, Maria pôde concluir que a integridade que havia nele era motivo mais que suficiente para ficarem juntos, apesar de Pedro não perceber que apenas pelo fato de ele ser a pessoa que era a havia conquistado.

Reflexão

Nos dias de hoje o caráter tem sido desprezado, e outros requisitos e atributos banais são mais valorizados. Estes têm refletido em crescentes insucessos nas relações conjugais, pois, com certeza, não são pilares delas. Muitas vezes as escolhas são tão insensatas que as pessoas, sem levar a sério seus votos, se desfazem de seus casamentos logo que surgem os primeiros conflitos, justamente pela falta de algo mais sustentável. Sabendo que somente as coisas materiais não mantém nenhum laço, mesmo assim muitos insistem nisso. Há uma grande relação do materialismo com o enfraquecimento familiar, sendo a família a base de todas as sociedades e por esse motivo tem de ser preservada de uma forma saudável e sustentável, de todas as formas possíveis, principalmente com amor. Pregam-se vários tipos de doutrinas que têm enfraquecido os laços familiares, como, por exemplo, a liberdade total, inconsequente e imatura, que dá ao homem incentivo para fazer tudo o que quer, sem limites. E isso é um grande equívoco, porque ele é um ser social, não caminha sozinho e tem de se relacionar. E, acima de tudo, aprender a olhar a sociedade como reflexo das famílias, dando mais valor a ela. Para isso as motivações devem ser certas e as bases sólidas na construção da família, para que sejam criados homens instruídos e preparados, capazes de fazer suas próprias histórias e não só mudarem as sociedades de uma forma positiva.

Posso dizer que a liberdade pregada hoje, em certo momento, choca-se parcialmente com as regras e normas. Devo constatar que essas mesmas regras e normas foram propostas para que as sociedades fossem conduzidas de maneira mais igualitária, não para tirar a liberdade, e sim para prever e corrigir certos desvios de condutas existentes em cada ser humano, pela sua natureza e imperfeição. Temos que aceitar que não podemos fazer tudo o que queremos, porque, caso contrário, com certeza iremos constranger as outras pessoas, ou causar males à sociedade. A existência do bem e do mal é visível em todas as esferas sociais, e não podem se confundir. O bem não pode ser visto como mal, muito menos o mal como bem, as coisas foram definidas pelas vantagens e desvantagens que elas produzem, em relação a isso nada pode alterá-lo, a norma que determina o bem e o mal. Infelizmente a moral tem mudado de uma forma pouco saudável, e, assim, valores que outrora foram vistos como bons para preservação do bem-estar da humanidade têm sido derrubados a cada instante, essas mudanças espantam muita gente, apesar das reações serem tímidas, quase em silêncio, ou seja, poucos reagem de uma forma corretamente energética a essa tendência. É uma certeza que chegou o momento da humanidade voltar a cultuar o Deus supremo e olhar para o Criador e pedir a ajuda para buscar orientações que tornem as nossas vidas mais alegres, aceitar as nossas limitações e cultivar em nós as leis que o Senhor Jesus Cristo estabeleceu.

As sociedades não podem continuar a trilhar esse rumo, com certeza, se não houver nenhuma precaução, a felicidade das próximas gerações estará comprometida com o enfraquecimento das famílias, o qual é a origem de todos os distúrbios e males sociais. É responsabilidade de todos mudar a nossa sorte e a das gerações futuras.

A integridade de Pedro levou-me a perceber que vale a pena optar pelo bem, a honestidade que soube transmitir como ninguém, entende que "mais vale a boa fama do que qualquer tesouro", lutar pelas suas crenças sem limitar os sonhos de outros. Ele aprendeu essa forma de estar e ver a vida por meio dos seus pais, que não cansaram de lhe admoestar na palavra de Deus, a única fonte de vida e da verdadeira sabedoria. Porque sendo o homem um ser infinito só encontrará a felicidade nesse manual que Deus deixou para que fôssemos guiados por Ele, dando-nos a noção real do passado, do presente e do futuro em suma da vida.

Pedro surpreendia muita gente com a sua forma de encarar a sexualidade. Sempre foi convicto de que sexo seria possível somente dentro do casamento, o que contrariava todas as tendências atuais. Não foi fácil defender sua visão. E, como consequência disso, tivera poucos relacionamentos justamente porque suas parceiras não o aceitavam por conta disso.

Com Maria foi diferente, encontrara alguém que não questionava as suas crenças e o compreendia. Buscava ter uma relação cada vez mais transparente, sem esconder absolutamente nada. O único segredo que havia entre eles era o sentimento que existia em seus corações, porque teimavam em não abri-lo e dizer que desejavam partilhar desse mesmo sentimento. O que Pedro não conseguia dizer para outras pessoas, para Maria se abria com naturalidade. E ela aprendeu a ouvi-lo, por isso puderam se relacionar sem grandes segredos. Dividiam vários problemas, Maria soube conhecer Pedro como ninguém jamais conheceu. Aprendeu a olhá-lo além do que os seus olhos poderiam ver e conheceu a sua nobre alma.

O jantar a quatro

Mas nem sempre foi assim. Com muitos receios, na primeira vez que saíram juntos, os dois decidiram levar alguém, Pedro preferiu que fosse assim, se sentiria mais seguro. Ela levou a sua melhor amiga, Anny, ele aproveitou que Helton era conhecido de Maria e não hesitou em escolhê-lo para acompanhá-los naquele que seria um jantar a quatro. Não queria ser surpreendido novamente pela ousadia de Maria.

Pedro enganou-se, porque, apesar da presença de Anny e de Helton, Maria voltou a ser ousada; essa era uma característica peculiar dela. Mas Helton soube dividir o protagonismo no diálogo, acudiu o amigo, tornando a balança mais equilibrada. Anny foi mais discreta, a timidez apoderou-se de seu ser logo que o seu olhar contemplou Pedro, levando-a a atrair-se por ele. Foi amor à primeira vista, mas não quis despertar a atenção do rapaz porque tudo aconteceu muito repentinamente; era ainda uma novidade para ela esse sentimento e, além disso, sabia o que ele significava para Maria, portanto não se deixou levar. A conversa seguia animada entre os três, e as intervenções de Pedro eram sempre curtas, preferia que os outros falassem mais que ele. Ainda estranhava a situação que havia entre ele e Maria; estava aprendendo a conviver com ela.

Maria não se calou e perguntou ao Helton se Pedro era sempre reservado, se não costumava exteriorizar muito as suas emoções. Parecia que para ele todos os dias eram iguais, nunca pude vê-lo alegre, muito menos triste. Quando soltava um sorriso, era muito curto para demonstrar alegria, mas, para compensar, falava sempre as coisas certas no momento certo. Era de poucas palavras, no entanto era sempre muito profundo e assertivo.

Helton respondeu que ninguém sabia o que realmente havia naquela alma nobre; sabia apenas que ele era um idealista convicto e que estava sempre disposto a ajudar os outros. Raras vezes se disponibilizava a sair, ir à praia, a uma festa ou clube, isso era algo que não fazia parte de sua personalidade. Mas, às vezes, cedia à pressão e acompanhava-os nas noites quentes da cidade, mas somente depois de muita insistência, porque ele passava todos os fins de semana em casa.

Maria não pôde esconder que isso também a intrigava, apesar de nas palavras de Pedro residirem muito sentimento e convicção, mas o seu semblante era sempre igual. Claro que não refletia tristeza, mas também não era um semblante alegre, talvez não tivesse motivos para se entristecer ou se alegrar, com certeza encontrava motivos para se alegrar quando despertasse um sorriso em faces alheias.

"Gostaria de saber o que tanto esconde em seu interior, os teus sentimentos e emoções e por que não se manifesta", disse Maria à certa altura. Dessa forma demonstrou que estava interessada em Pedro. Tal questionamento o alegrou, demonstrando que lhe agradava essa forma de pensar da Maria mais uma vez com um curto sorriso. Anny continuou quieta, preferiu apreciar o momento, respirar o clima de amor e paixão que imperou naquele jantar. Discretamente estava observando cada detalhe de Pedro, tentou se controlar, mas não era certo que o interesse era recíproco. Um sentimento-relâmpago que nasceu dele, que com certeza se apresentava com a face de um amor proibido. Até que conseguiu sair-se bem daquela circunstância, ninguém percebeu o que se passou com ela.

Há mulheres que também se interessam muito por homens que despertam certos mistérios; talvez porque o inédito fascina as mulheres. Elas gostam de descobrir novas sensações e novas formas de compreender o mundo e por isso é comum os homens diferentes as encantarem. Pedro possuía isso, sabia despertar o interesse das pessoas mesmo sem querer. Suas intervenções sempre no momento certo deixavam aquele gosto de quero mais, e, como ele falava pouco, era necessário uma convivência mais constante.

O jantar foi bom para Pedro e Maria, comprovou que cada um trazia a sua verdade durante ligações que Pedro costumava fazer. Eram sempre transparentes um com o outro, sem deixar nada escondido, com exceção do sentimento que não expunham. Maria mostrou que a ousadia era uma marca de sua personalidade, desfazendo as suspeitas que nasceram em Pedro depois da forma direta que falou sobre ter pegado seu número de telefone com o amigo. Helton foi o que mais se empolgou, normalmente era uma pessoa mais equilibrada, mas, como queria dar força ao

Pedro, exagerou um pouco na dose. Anny foi mais tranquila do que o normal, pois sempre fora uma mulher muito simpática, partilhava seu sorriso e sempre tinha palavras muito agradáveis para dizer.

Depois do jantar nasceu a vontade de combinarem outras saídas, outros jantares, mas não puderam expor suas intenções porque da próxima vez gostariam que fosse diferente, somente entre eles, para que pudessem viver um momento a dois, a sós. Talvez seria nessa oportunidade que diriam as palavras que não foram ditas até aquele momento, já que as reticências que haviam entre eles tinham sido desfeitas. Houve uma confiança maior entre eles porque notaram transparência de ambos os lados, e com isso já não havia mais receio algum. A personalidade de Maria impressionava-o. Ela enxergava em Pedro a oportunidade de conhecer dia após dia o homem ideal para morar em seu coração e partilhar o resto dos seus dias.

Anny e o amor proibido

Anny conseguiu conter-se por algumas semanas, mas depois deixou o bom-senso de lado e embarcou nas sensações que Pedro lhe despertava. Deixou-se levar pelo sentimento que aceitou e abrigou em seu coração naquele primeiro encontro. O relacionamento que poderia nascer do sentimento que havia entre Pedro e Maria poderia ser mais um obstáculo. As coisas não poderiam ser tão fáceis e tão perfeitas, pois na vida quase nada é assim. Outras tornam-se somente perfeitas quando descobrimos a sua essência, que, por trás de sua aparência simples, até mesmo repulsiva, escondem o seu brilho – como acontece com o diamante que é necessário ser lapidado –; brilho este que nos acompanha em nossos caminhos trazendo e oferecendo a importância devida da luz que há em nossas virtudes. O coração de Anny desprezou essa importância de ser guiado pela luz que há no bom-senso. Deixou-se, então, se levar pela mentira, foi desleal ao não contar o que houve naquele jantar. Talvez em uma conversa pudesse esclarecer a situação para Maria, pudesse justificar que estava refém de um sentimento que Pedro despertou nela. E, talvez, encontrassem uma solução que fosse menos dolorosa para ambas.

O amor é um sentimento que apresenta-se várias vezes em nossa vida, seduzindo tudo e todos e até mesmo os nossos princípios. Cabe-nos aceitá-lo ou não, porque o seu crescimento depende da forma que o encaramos. E, assim, há sentimentos que não devemos aceitar porque sendo o amor fruto das nossas sensações não vêm com uma lógica aparente, é geralmente sem razão. Se nos deixarmos levar apenas pelo sentimento pode nos causar grandes sofrimentos.

Foi isso que aconteceu com a Anny, aceitou a mentira como se fosse a única verdade, descartou por completo a razão, guiando-se somente pelos seus sentimentos, sem se importar com os dos outros. Certo dia aproveitou que estava estudando com Maria e a aconselhou a ligar para o Pedro. A amiga aprovou a ideia e o fez; durante essa ligação Anny disse que também gostaria de falar com ele. Maria, sem desconfiar das suas reais intenções, não hesitou em passar o telefone para ela. Foi uma aproximação discreta, porém eficaz, pois aproveitou para pedir o número de Pedro, que autorizou Maria a lhe dar. Seria o começo de várias ligações.

Toda mulher, quando quer, sabe seduzir um homem, e com Anny não foi diferente. Soltou todo seu poder de sedução para envolver Pedro, parecendo que queria unir Pedro e Maria, sempre demonstrando disponibilidade para estarem juntos, com o objetivo de saber mais sobre Pedro e descobrir as coisas essenciais que poderiam levá-lo a interessar-se por ela, mais do que por Maria.

No entanto, não conseguiu encontrar nada além de caráter e personalidade. Pedro trocou várias beldades por esses valores.

Então notou que poderia tirar proveito do bom-senso de Pedro fazendo-se de menina frágil, que precisava de ajuda, embora fosse realidade não estar indo bem em algumas disciplinas da faculdade. Os estudos com a Maria não estavam surtindo os efeitos desejados e, quando expôs essa situação para Pedro, ele se sensibilizou e não hesitou em oferecer ajuda. E, desse modo, a moça conseguiu a aproximação que tanto esperava. A disponibilidade de Pedro foi motivada mais pela relação que havia entre ele e a Maria do que pelo que Anny representava para si. Mal sabia ele que esse seria o estopim para os primeiros conflitos entre ele e Maria.

Pedro aproxima-se de Anny e distancia-se de Maria

Por causa dessa aproximação Pedro começou a passar mais tempo com Anny do que com Maria. Já não se encontrava com ela, o tempo tornou-se escasso para eles. Pela convivência que tornou habitual, envolveu-se um pouco por Anny, desenvolveu uma paixão por ela, embora que não tivesse essa intenção. Anny era daquele tipo de mulher que possui um corpo maravilhosamente esculpido, além de possuir um rosto angelical com feições perfeitas, uma beldade como poucas, pele morena. É pena que não tenha sido como um tesouro; há uma curiosidade neste que muitos não notam, por fora, geralmente, já sabemos como é, por dentro guarda sempre pedras preciosas que nos transmitem grande júbilo, com isso, há maior atração em seu interior, é isso o que importa a beleza interior. Anny poderia ser definida como uma musa, um tipo de mulher que refletia um belo texto lírico, inspirando qualquer poeta, mas não deixou essa beleza emigrar até o seu interior, por isso confundia-se em muitas das atitudes que tomava.

Astúcia de Anny

Anny combinou com Pedro que deveriam estudar em sua casa, porque seria mais confortável para ela. Soube manipular bem as circunstâncias para que a situação se tornasse favorável para ela. Pedro, apesar de não deixar de ligar para Maria, não tinha mais o mesmo contato com ela. Raramente encontrava tempo para estar junto dela. As ligações eram poucas, apesar do envolvimento que já havia entre eles, o que despertou desconfiança em Maria, que começou a achar que a relação poderia se tornar cada vez mais fria, que até mesmo as ligações um dia poderiam cessar.

Anny conseguiu tornar a relação entre Pedro e Maria desconfortável. O único conforto havia no sentimento que morava em seus corações. Anny dizia a Maria que ele poderia ter se precipitado quanto ao sentimento que dizia nutrir pela amiga, que com certeza seria somente um sentimento de amizade. Mas, quando o amor se instala, amizade é muito pouco e se isso fosse verdade seria uma grande decepção para ela. Uma vez mais o seu coração seria confundido e quebrado, mais uma vez por um sentimento que tanto lhe fazia bem, e justamente por isso havia se entregado, esperava que as coisas evoluíssem para um estágio mais íntimo. As circunstâncias mostravam uma coisa, mas a realidade era bem diferente. A cumplicidade entre o casal continuava a ser a mesma e, mais ainda, havia um sentimento perfeito entre eles, o verdadeiro amor, apesar de haver Anny entre eles. Somente a manipulação de outrem poderia tirar a noção do que havia entre eles, que o sentimento era forte o suficiente para superar os diferentes obstáculos e tornar-se um belo romance.

Reflexão

Se há uma grande forma de testar e provar o amor existente nas relações é superando os problemas que nos afligem, apesar de sempre haver certo enfraquecimento nas relações por sua virtude, demonstram a maturidade das pessoas intervenientes nessas mesmas relações como também a sua força, se é realmente amor ou coisa parecida que os ilude. Esse mal-estar que se calava em Maria não conseguiu apagar o sentimento que havia entre eles, principalmente nela, talvez porque quem ama está preparado para encarar certos sofrimentos, alimentado por cada pôr do sol que se seguia. Esse sentimento havia ocupado todo o coração dela. Nas vezes em que ligou para ela, Pedro notou um pouco de amargura soando em sua voz quando perguntou-lhe o que se passava. Não teve coragem de esclarecer, quis evitar mais sofrimento para ela, já que teria a certeza que o sentimento que Pedro nutria por ela seria somente de amizade quis evitar essa mentira que Anny lhe fez acreditar como verdade, pela amizade que havia entre elas acreditou nela sem mesmo ouvir isso de Pedro.

Tinha se tornado um ritual. Era sempre assim, às 22 horas era o momento deles, Maria tinha a certeza que Pedro ligaria para ela. Quando isso não acontecia ela mesma tomava iniciativa e o fazia. Falavam de tudo que se passava em seus dias, até mesmo quando não havia grandes novidades e, nessa oportunidade, ficavam calados por alguns segundos, somente apreciando o momento da companhia um do outro e do silêncio das noites que confirmava que havia amor entre eles. Pedro tinha certeza de que o que havia entre eles era importante e queria viver aquilo pela primeira vez. Passara a vida toda tentando descobrir todas as propriedades e características daquele sentimento, algo realmente forte. Mas não queria se precipitar, talvez tivera excesso de zelo, apesar de Maria demonstrar que sentia o mesmo, alimentando o sentimento e o interesse dele, mesmo com o vazio que Anny criou entre eles. Levou Maria a ter a crença no sucesso desse sentimento desfeito por notar um certo afastamento entre eles, embora continuasse sentindo o amor se expandindo nela a cada segundo. E, por isso, esse distanciamento não poderia desfazer o que ela sentia por Pedro.

Anny percebeu que sempre que ligava para o Pedro após as 22 horas o seu celular estava ocupado. Certo dia, quando estavam em sua casa, não hesitou em perguntar por quê. E foi desvendado o segredo, confessou que naquele horário geralmente ligava para Maria. Quando disse isso, não notou que o semblante de Anny mudou. Talvez porque ele olhasse para Anny de uma forma diferente, não percebera a beldade que morava nela. Até mesmo as sedutoras palavras dela não lhe faziam perceber que havia algo a mais, que para ela Pedro não era somente aquele homem que havia se comprometido a dar algumas aulas para melhorar seu desempenho na faculdade. Descobrir que os dois se falavam naquele horário despertou nela muito ciúme, fazendo-a precipitar-se. Então, naquele momento, sem demonstrar nenhuma malícia, convidou-o para a festa do seu aniversário, a qual aconteceria em um dos clubes da cidade. O que Pedro não desconfiava era que seria o único convidado. No dia seguinte, Anny lhe deu o convite. Ele não disse nada à Maria, pois tinha certeza de que ela já havia recebido o convite por ser a melhor amiga da aniversariante.

Sem perceber, Pedro havia sido seduzido por Anny. Sempre que lhe recebia em casa trajava vestes que realçavam ainda mais sua beleza, que a tornavam uma mulher extremamente atraente e sedutora, embora Pedro não reparasse nesses detalhes. Seu subconsciente soube guardar cada forma que estava moldada em

Anny, com isso seu coração aprendeu aceitá-la cada vez mais, sentia-se muito confortável diante dela, cada olhar, cada palavra era como se fosse uma intimação dela para ele, mas isso tudo aconteceu de uma forma inconsciente, o que me faz lembrar daquele dito popular que diz: "Mais vale um olhar do que mil palavras". Os seus olhos estavam completamente maravilhados e encantados por ela queria lhe ver cada vez mais, mesmo passando por cima de suas reais intenções. Ele aprendeu a procurá-la, a interessar-se em descobrir os mistérios que a rodeavam e a encontrá-la sempre que pudesse em sua casa.

Às vezes não notamos muitas coisas, mas aprendemos várias em meros segundos, em pequenos detalhes. Por meio de um simples olhar, a nossa natureza nos leva a gostar e a buscar as coisas que nos impressionam, as mais belas, as que despertam boas sensações em nós. Por isso muitas vezes gostamos de certos objetos e de certas pessoas sem qualquer premeditação de uma forma espontânea. Essa busca tem sido uma constante pelo conforto que procuramos em nossas vidas, parecendo que isso acontece de uma forma automática. Isso levou Pedro a apreciar Anny de um jeito que ele nunca quis. A moça articulou uma estratégia perfeita, ou seja, jogou as cartas certas no momento certo. Ela não havia somente convidado Pedro para o seu aniversário, como também forjado-o, visto que o seu já havia acontecido há alguns meses. Foi a oportunidade perfeita que ela encontrou para estar a sós com ele e se tornar mais ousada, em um ambiente fora dos estudos, no qual o rapaz não se veria como responsável por ela e poderia olhá-la de outra forma, notar que estava diante de uma verdadeira diva, uma linda mulher, e se atrair pelo encanto que havia nela. Com as luzes e a adrenalina de um ambiente menos formal seria mais fácil para convencê-lo de que estava apaixonada por ele, momento ideal, inclusive, para lhe surpreender com um beijo apaixonado. O ambiente seria propício para que ele caísse em suas garras... Nos braços da bela e inspiradora Anny.

Em certas ocasiões a nossa desatenção nos leva a cometer vários erros ou mesmo se envolver em situações arriscadas. Pedro, se estivesse mais atento, notaria que estava perdendo um tempo que deveria ser dedicado à Maria. E isso foi enfraquecendo algo que queria aprofundar, visto que o seu interesse por ela era algo que lhe agradava muito. Também percebera que estar muito tempo com Anny o faria se envolver por ela. E, além disso, teria a "desvantagem" de a moça estar totalmente apaixonada por ele, por isso seria questão de tempo para se envolver profundamente, mesmo sem existir um sentimento verdadeiro. O fato de ela ser uma mulher de encantos perfeitos facilitaria uma ardente paixão entre os dois.

Foi irrealista e um tanto quanto ingênuo perante as circunstâncias, as quais seria melhor serem evitadas por causa da natureza masculina. O convívio é uma das formas que nos possibilita descobrir certas atrações e coisas que procuramos nas pessoas, como, por exemplo, simpatia, alegria, confiança etc., levando-nos até mesmo a construir vários tipos de relações, amizade, namoro e, consequentemente, casamento. O sentimento de amizade existia nele em relação a Anny, mas ela queria algo a mais; para ela havia um certo magnetismo entre eles. Conheceu uma grande atração nele, algo que ela achava que não existia ou nunca encontraria. Queria muito mais do que uma simples amizade, mas ele só poderia oferecer-lhe isso, em termos de relação, e uma simples paixão, em termos sentimentais. O grande erro dela foi não deixar Maria ciente do quanto Pedro a interessou. Soube aproveitar o vazio que ela mesma criou entre os dois, vazio este que foi ocupado por incertezas, sobretudo de Maria.

Incertezas sobre o interesse de Pedro em relação a ela. Na sua ótica, aquele sentimento, na verdade, era uma ilusão criada, acreditou que tudo não havia passado de uma amizade, embora essa visão lhe foi transmitida por Anny. Pedro não conseguiu administrar a situação com a interferência de Anny, deixou de dar a atenção devida para Maria. Não mais a convidava para sair, e o contato entre eles acontecia apenas por telefone. Anny, consequentemente, tornou-se sua prioridade.

Maria não tinha o charme da outra; isso, com o passar do tempo, pesou na balança, levando-o a ficar confuso entre a transparência, o conforto que Maria lhe oferecia e o charme de Anny, apesar de existir, sem sombra de dúvidas, um sentimento maior por Maria. É praticamente impossível a beleza física não impressionar qualquer pessoa, e foi o que aconteceu com Pedro. Ele estava impressionado com as feições de Anny e ela soube encantá-lo como ninguém. A convivência e a forma como o tratava mexeu com suas emoções e o fez ficar dividido entre Anny e Maria.

Qual homem nunca se sentiu tentado pelos encantos de uma beldade em um relacionamento sério? Apesar de que, com certeza, a moça que escolhemos para nos relacionarmos se tornam nossa musa; no entanto, cada mulher possui beleza única e ímpar, umas mais que as outras e há aquelas que com um simples olhar conquistam tudo, levando muitos a deixarem de lado sentimentos profundos e relações estáveis.

E, aproveitando o ensejo, pergunto: quem ama trai? Sim, trai quando não aceita seus instintos humanos e fracos, não se precavendo em diferentes circunstâncias sedutoras. De fato, o mal tem que ser cortado pela raiz, por isso não devemos subestimar o poder da sedução sobre a natureza imperfeita.

O "aniversário" de Anny era um fim de semana. Maria, inconformada com a forma que rumava o seu relacionamento com Pedro, telefonou para ele dizendo que gostaria de vê-lo naquele dia, já que não se viam há muitos dias. Pedro, sem saber que ela não estaria no tal aniversário, deu certeza absoluta, pois acreditava que a encontraria por lá. E tudo não passou de um grande mal-entendido. Para Maria, essa situação era a grande prova que procurava para se certificar de que algo estava mal entre eles, que Pedro não a olhava como a mulher ideal, muito menos como prioridade, pois acreditou que havia mentido para ela. E essa foi a primeira vez que mentira para ela, quando o esperou e ele não apareceu. Para ela ficou claro que ele a havia enganado.

Não há relação que resista à mentira. Ela é a principal causadora de separações entre casais. Essa grande vilã, é capaz de quebrar um dos fundamentos principais do amor, a confiança. É aconselhável nunca recorrer à mentira para resolver qualquer embaraço. Seja simples ou complexa, a verdade é sempre bem-vinda em qualquer circunstância.

Apesar de não parecer, Pedro não enganara Maria. Ele era do tipo britânico, sempre muito pontual em seus compromissos e não deixaria de ser nessa ocasião.

Ao chegar ao aniversário, procurou por Maria, mas não a encontrou. Anny, que não tirava os olhos um instante da porta, surpreendeu-o com um sorriso arrebatador. Naquele instante, ele teve a nítida sensação de flutuar. Quando a olhou teve a sensação de estar apreciando uma perfeita obra de arte, o que despertou toda a sua sensibilidade. Surpreso, não conseguiu dizer uma palavra, ela tomara conta da cena. Não hesitou em beijá-lo, e quando o fez, ele teve a sensação de ter sido tocado por uma brasa, uma doce brasa. Uma chama que, embora o queimasse, incendiava seu interior de prazer. E, de uma forma tranquila, começou a apreciá-la e a desejar mais gestos de afeição e de profunda paixão que Anny podia lhe oferecer.

Apesar de tudo, Pedro não se deixou levar pelo simples e fugaz querer. Foi despertado pela razão, que o lembrou que havia uma moça em sua vida que ele certamente amava. E por esse motivo questionou-a sobre o que se passava naquele momento. Com certeza foi um momento de paixão intensa, mas mesmo assim notou que era o único convidado daquele lugar, que não parecia haver um aniversário naquele clube. Anny lhe disse que o beijo falou por ela. Era tudo que gostaria de expressar há algum tempo, mas nunca se sentiu segura. Falou que, com aquele gesto, exteriorizou o sentimento que invadira o seu coração, que estava realmente encantada por ele e que nada mais importava. Confessou, também, ser incapaz de traduzir em palavras o que o seu coração conhecera depois que os seus olhos o contemplaram. Corajosa, disse que nada poderia contrariar o desejo de estar ao lado dele, que queria ficar junto com ele nos próximos dias e noites, que gostaria de cuidar dele, ser para ele um dos motivos de alegria e talvez a plena felicidade.

E Anny estava disposta a fazer de tudo para conseguir isso. Justificou que era amor à primeira vista; contou como tudo havia acontecido, que teve curiosidade em conhecê-lo quando Maria falou dele para ela. Disse que, quando o seu olhar o encontrou, sentiu algo muito especial e o amor tomou conta dela, apesar de ter resistido por algum tempo, mas, depois, o sentimento dominou sua razão e emoção; e, mais que isso, desfez a sua lealdade por Maria. Contou que Pedro se tornou muito importante para ela e por isso decidiu lutar por ele, mesmo que lhe custasse muitas coisas, até mesmo a amizade de Maria.

Apesar de ele também a desejar, ponderou falando que as coisas não poderiam ser tão rápidas assim, porque iriam ferir Maria com essa história toda. Queria algo mais sério com Maria, apesar de ainda haver algumas questões indefinidas; ele não conhecera outra moça tão transparente e agradável quanto ela, por isso não queria se precipitar com Anny. Confessou que aquele beijo demonstrou que, afinal, gostava dela mais do que imaginava e que também estava envolvido por ela. Estar próximo dela lhe fazia sentir um encantamento puro, nunca havia se emocionado tanto como quando seus lábios se encontraram. Os dela incendiavam o seu ser como ninguém, fazendo emergir uma paixão que nunca sentira. Foi sincero ao dizer que sentia algo mais profundo e verdadeiro por Maria, apesar de não existir tanta paixão por ela, mas que aquele sentimento era mais forte e agradável.

Anny não sabia muito o que dizer, mas aquelas palavras a impulsionaram a beijá-lo de novo, dessa vez com mais paixão e intensidade. Pedro nada fez para impedi-la, pois também desejava aquilo. Para ele, foi uma grande desvantagem não ter experiências anteriores, pois, agora, estava completamente tomado pelas emoções, pelas descobertas do desejo por Anny, pela paixão ardente que ela soube despertar nele. De uma forma inesperada, tamanha era a entrega de Anny, que o contagiara, levando-o a ser conduzido pela paixão, o único sentimento que ele poderia oferecer para ela naquele momento.

O ambiente era propício para um casal apaixonado, mas o destino conseguiu consertar o erro que Pedro poderia cometer. Maria tanto esperou por ele, que decidiu sair para encontrar um mar de pessoas que lhe fariam esquecer-se dele por algumas horas, espantar a tristeza com melodias suaves e fortes ritmos. No entanto, não escolheu o local certo, dirigiu-se para o mesmo clube onde Anny forjara o aniversário. Enquanto seus olhos passeavam pelo salão procurando o lugar onde lhe fosse mais familiar, onde pudesse encontrar pessoas conhecidas, avistou um casal muito apaixonado: Pedro e Anny, que, depois de mais uma troca de olhares e demonstrações de afetos, partilhavam mais um beijo.

O mundo desabara para Maria naquele instante, mas, com muita força, decidiu se aproximar e felicitá-los. Caminhou até eles e disse, de forma irônica, que formavam um lindo casal. Depois perguntou para Pedro a que horas se encontrariam, pois já era tarde. Demonstrou que não havia mais motivos se para encontrarem. Foi uma situação constrangedora para Pedro, que não conseguiu explicar-se. Esperta, Anny resolveu marcar terreno com demonstrações de carinhos constantes. Após Maria ter se despedido deles, Anny lhe disse que não haveria mais nada para se preocupar, pois a amiga já sabia o que havia entre eles.

Depois daquele momento constrangedor, a razão tomou conta de Pedro e ele, então, decidiu despedir-se de Anny. Disse para ela que continuava pensando em não tomar nenhuma decisão precipitada, que deveriam conversar acerca do que havia acontecido e que estava muito confuso para prometer paixões e amores. Anny estava muito alegre e com um beijinho se despediu dele.

Enquanto isso, rios de lágrimas inundavam Maria. As coisas foram desfeitas muito depressa. Tinha consciência de que o mundo não poderia ser tão perfeito assim, mas o que mais lhe fazia sofrer foi a decepção ao ver a cena entre Pedro e Anny. A realidade demonstrava que tudo não passara de ilusão, inclusive a personalidade e o caráter de Pedro, que desapareceram em poucos instantes. Apesar do ocorrido, o sentimento ainda existia em seu peito, mas as crenças alternavam com descrenças.

Assim que chegou à sua casa, Pedro telefonou para Maria, mas ela não encontrou ânimo para falar com ele. Tinha vontade de felicitá-lo mais uma vez, porém não conseguia mais ser irônica, a dor falou mais alto. Preferiu que as lágrimas levassem sua mágoa para bem longe dela. As coisas não eram como pareciam ser. Pedro errou, mas não soube utilizar o seu forte, que era a comunicação eficaz. Essa incapacidade momentânea foi fundamental para a realidade se transformar em mentira.

Para não haver grandes problemas em uma relação, é essencial, também, que nela exista uma boa comunicação, seja na amizade, mas sobretudo no namoro e no casamento. É impossível adivinhar o que se passa pela cabeça do outro se este não souber expressar as suas ideias. Não basta apenas expressar, mas ter atitudes claras. Sem uma comunicação saudável é impossível haver uma relação não conflituosa. Muitas boas intenções tornam-se grandes conflitos por má comunicação, e isso foi um problema desde o princípio para Pedro, porque ele não foi ousado e claro o suficiente para dizer o que realmente queria, que gostaria de criar uma relação de namoro com Maria; ao contrário dela, que sempre demonstrou interesse por ele.

Em geral, as grandes crises podem destruir ou fortalecer relacionamentos, e isso vai depender da atitude que tomamos perante os acontecimentos. Pedro optou pela atitude certa, primeiro procurou as causas, depois buscou as devidas soluções. Reagiu com a frieza necessária para o problema, percebeu que tinha um álibi: o convite dado a ele; com isso poderia explicar como e por que as coisas aconteceram. Pela primeira vez teria coragem de demonstrar seu sentimento por Maria, uma iniciativa que mostraria que estava tão interessado por ela quanto ela por ele.

Pedro se declara à Maria

E, no dia seguinte, foi procurá-la, mas, naturalmente, ela não quis falar com ele. Com muita insistência Pedro conseguiu chegar até Maria. Era só uma questão de explicar e justificar o que havia acontecido. Não negou sua parcela de culpa, pois não soube administrar a situação, se deixando levar pelas emoções alimentadas por Anny. Esclareceu que os seus sentimentos por Maria era o que mais apreciava. Claro que os beijos da outra moça havia mexido com ele, mas não superavam o sentimento que sentia por

Maria. Quando seu nome soava em seus ouvidos, despertava em si memórias boas, somente isso, sensações ótimas. Quando seus olhos se encontravam não sabia descrever e conter o sentimento que tomava conta de si. Seu coração havia encontrado outra forma de bater, uma nova forma de sentir.

Não foi nas circunstâncias mais ideais, mas ela pôde finalmente ouvir o que tanto esperava. Parecia ser um sonho depois de uma noite em claro. E como diz o ditado: "Depois da tempestade vem a bonança". Embalada pelos sentimentos, pela primeira vez deixou a ousadia de lado, passou a mão no rosto dele, apreciando sua feição, tentando encontrar algum sinal que dissesse de onde vinha aquele sentimento todo. O trajeto carinhoso que sua mão percorreu transmitiu que o havia perdoado.

Foi a prova que faltava para selarem sua relação, e, assim, tiveram certeza de que o que havia entre eles era amor em sua face mais genuína.

Transparência

É uma qualidade que nos permite demonstrar o que realmente somos, por meio de atitudes, crenças etc.

Amor à primeira vista

É raro acontecer, mas quando acontece é o mais arrebatador de todos os amores, talvez por tudo acontecer em um curto espaço de tempo.

Comunicação

É fundamental fazer parte de qualquer relacionamento. Não pode falhar nas diferentes relações sociais existentes. Uma das primeiras necessidades que o homem desenvolveu para que o meio fosse menos agressivo para ele. No namoro ou no casamento não deixa de ser diferente, uma boa comunicação previne vários problemas futuros. Se os parceiros não demonstram o que se passa com eles, os outros não poderão adivinhar. Nada melhor que uma boa comunicação para expressar as nossas verdadeiras intenções. Em qualquer relação uma má comunicação pode ser fatal.

Leo e Cléo

Os exames de Leo

A vida nos dá sempre uma segunda oportunidade ou mais. Para Leo, depois de não conseguir ingressar na faculdade por deixar algumas disciplinas em atraso no colégio, restou-lhe o recurso. Mas era certo que iria perder pelo menos um ano letivo. Aqueles dias seriam diferentes para ele. Os exames de recursos estavam na véspera, apesar de haver sempre aquela sensação de nervosismo. Pôde se preparar muito bem, no entanto o grande problema era recuperar os benefícios que havia perdido por perder o ano. Muitas vezes, quando fracassamos, necessitamos de apoio, mas não é isso que acontece. Na maioria dos casos, só vêm palavras que reduzem as esperanças, fazendo-nos sentir a pior pessoa da face da Terra, a única infeliz no mundo, sentir que a vida só será feita de fracassos. Porém, dependendo da forma que encaramos, podemos reagir de maneira positiva às críticas, melhorar o nosso desempenho, nos preparar melhor para ultrapassar os desafios da vida. Nenhum ser humano gostaria de exibir derrotas e consequências como medalha; no entanto, às vezes não encaramos os desafios como deveríamos, talvez o empenho não está a altura do desafio. Mas, naturalmente, nem todo mundo se empenha da mesma forma. Uns se esforçam mais e outros menos, cada um tem um tipo de força para atingir metas e superar obstáculos. Em contrapartida, o mundo não pensa assim. Em geral, não perdoa os nossos erros, julgam-nos precipitadamente, levando-nos a situações que poderiam ser evitadas. Na vida podemos prever certos problemas e até exortar acerca das suas consequências, mas, quando de fato estes tornam-se realidade, a melhor atitude é a automotivação, para resolvê-lo e tornar a atmosfera favorável para que, em outras batalhas, seja possível superar os duelos por meio da experiência adquirida.

Leo reencontra Cléo

A prioridade de Leo era fazer os exames. Que chegasse logo a hora de fazê-los e que o tempo fosse solidário e generoso com ele e acelerasse até chegar o bendito dia que começariam os recursos, mesmo que neste o sol raiasse como nunca ou mesmo que fosse um dia de nuvens cinzentas que ofuscassem o azul do céu. As palavras que transmitiam pessimismo serviram de motivação, porque ele queria provar que era capaz de superar os obstáculos. O que ele não sabia era que, com esses exames, iria provar novas sensações e conhecer um amor que a vida lhe havia destinado. Amor esse que encontraria em Cléo. Ela era sua ex-colega no colégio e estava nas mesmas condições que ele. Embora precisasse fazer apenas um exame de recurso, estavam vivendo um momento similar, no qual suas competências foram postas em prova. Os dois estudaram no mesmo colégio por três anos, mas em turmas diferentes. Diversas vezes trocaram algumas palavras, mas não eram muito próximos, pois tinham uma relação muito superficial.

Leo sempre foi uma pessoa que vivia em um mesmo ritmo, com a mesma intensidade, não levava a vida muito a sério, sempre descontraído. As conquistas e os fracassos não mudavam seu humor. Para ele tanto fazia, pois tinha uma noção muito individual da vida, os seus interesses eram simplesmente seus, as suas alegrias eram somente suas e os elogios para ele nada significavam, por isso pouco lhe interessavam. Enfim, tinha uma personalidade única, a qual causava muitas reticências ao seu respeito, apesar de seu trato simples.

Cléo era o tipo de moça discreta, só era indiscreta em sua forma de se trajar, pela imagem linda que refletia em nossas íris e em algumas atitudes que tomava. Era um enigma perfeito. Suas atitudes demonstravam que era uma pessoa bem diferente da que realmente parecia, contrariando as suas crenças. No entanto, tal contraste alimentava a cobiça de muitos homens. Difícil era se aproximar dela, pois não se sabia como reagiria com seus pretendentes. E, por esse motivo, ninguém ousava galanteá-la, embora aparentasse ser uma menina frágil e meiga. As suas atitudes, porém, transpareciam a fera que existia em si. Era um contraste bonito de se ver, um enigma interessante de se desvendar. E essa característica a tornou a maior curiosidade do colégio, a moça que despertava mais interesses. Havia muita coisa para se descobrir dela.

A imaturidade de Leo fazia dele uma pessoa guiada por suas emoções e, por isso, ele corria muitos riscos. Mas o que seria da vida sem correr certos riscos? Ele era o mais ousado do colégio e acumulou um fã-clube que sempre torceu calado por ele, justamente por não ser fácil se aproximar dele, apesar de ser ótimo para conviver. Quando não estava entusiasmado, em sua face imperava um ar de seriedade, o qual assustava as pessoas ao seu redor, sobretudo as moças. Talvez não se desse conta, mas sua obsessão por si mesmo o tornava a pessoa mais egoísta que pude conhecer. Por outro lado, foi a pessoa mais marcante que conheci. Era muito carismático, porém era quase impossível criar amizade com ele. A maior parte dos seus relacionamentos eram superficiais.

Sem sombra de dúvidas era uma pessoa intrigante, principalmente para as moças. Quando estava bem disposto, sorria para elas de uma forma amigável e amável, e além disso com uma ousadia que fazia transbordar imensa alegria nelas. Essa alegria que dava uma pincelada excelente em seus dias, em outros não tinha uma única palavra nem mesmo um simples gesto de saudação, por isso a imagem que todos tinham dele era de alguém insensível e solitário. Seus colegas tinham esperanças de que um dia ele mudasse e que ficasse um pouco mais simpático. Esperavam menos oscilação de humor e de personalidade. A sua marca era mesmo a excentricidade, embora as poucas pessoas que conseguiam conviver com ele o achavam uma ótima pessoa, que sabia direcionar bem as pressões, com atitudes que contrariassem por completo a manutenção destas por muito tempo. Não sabia jogar com as palavras e se expressar de uma forma coerente, apesar de seu linguajar culto. As suas palavras demonstravam muito pouco em relação ao que realmente gostaria de dizer; todos diziam que faltava sentimento.

Cléo era uma pessoa muito formal. Sempre agia de acordo com as normas e regras. Defendia muito bem os seus interesses quando não eram salvaguardados, apesar de oscilar entre uma moça meiga, de poucas palavras, e simpática e extravagante no modo de se vestir, quando deixava fluir em si uma moça que sempre encantou e conquistou muitos corações.

O dia tão aguardado por Leo chegou. Seriam vários exames para fazer, mas a surpresa estaria reservada no último exame. Com este estava confiante porque os primeiros deles haviam sido excelentes para ele. Quando foi para fazê-lo foi recebido por Cléo de uma forma que nunca esperou. Ela transbordou simpatia, e ele, com isso, retribui a gentileza com a disponibilidade em ajudá--la caso precisasse. Aproveitaram os minutos que antecederam o exame para colocar a conversa em dia. Cléo, apesar de ter apenas uma disciplina para fazer, conseguiu ingressar na faculdade, porque aceitaram o seu caso; seria injusto perder o ano por causa de uma disciplina.

Estava feliz, soube adaptar-se à nova realidade. Cursava Relações Internacionais, talvez por ser certinha, formal, e a extravagância já não fazia mais parte dela. Conseguiu dar conta de seu curso, aliás, era a melhor da turma e tinha muito sucesso.

Descontraído, Leo lhe disse que estava em casa, porque não conseguiu atingir o nível aceitável para ingressar na faculdade, mas que para ele não fazia diferença fazê-la ou não, que só faria para não decepcionar seus familiares. Era uma grande ambição dos seus pais vê-lo formado. Caso contrário, não faria a faculdade. Desejou sucesso a Cléo e esperava que as coisas continuassem dando certo para ela.

Alguns minutos se passaram e o exame começou. Como os dois estavam bem preparados, puderam fazê-lo em poucos minutos. Saíram juntos, trocaram mais algumas palavras e cada um seguiu seu rumo, mas, segundos depois, inesperadamente, Leo a chamou e lhe pediu o seu número de telefone. Disse que no colégio não tiveram muita oportunidade de conviver, mas que, apesar disso, sempre admirou a sua personalidade e sua extravagância singular. Declarou, ainda, que naquele encontro Cléo mostrou-se uma pessoa muito diferente do que aparentava ser no colégio, mais simples e aberta a novas amizades, que sabia tratar as pessoas, deixá-las confortáveis, até mesmo no primeiro trato. Aquelas palavras a surpreenderam, era a primeira vez que ouvia uma sequência considerável de elogios vindos de Leo, apesar dos três anos que passaram no mesmo colégio. Achou, também, engraçado o que ele acabara de lhe dizer, suas palavras e o seu português bem falado. Aproveitando o ensejo, ele foi ainda mais cortês ao dizer que ela estava no curso certo, que sem dúvidas seria uma profissional muito competente.

Após falar tudo isso, Leo caminhou em direção ao seu carro esportivo, um Porsche vermelho. Da forma habitual começou a dirigir, competindo com o vento. Ele sempre foi uma pessoa apaixonada pela velocidade, privilegiava a adrenalina e as emoções que alimentavam a sua paixão por automóveis.

Depois do encontro, Cléo tivera certeza de que ele não telefonaria para ela, visto que parecia ser um colecionador de números de garotas, mas que era do tipo que não as procurava nunca. Leo aprendeu que as coisas deveriam chegar até ele, pois sempre foi assim em sua vida abastada, apesar de não gostar muito de ser servido; no entanto, o complexo de superioridade lhe fazia crer que seria melhor que as pessoas que realmente lhe interessavam fossem à sua procura.

A certeza da moça concretizou-se. Leo nunca ligou para ela, mas ele teve uma segunda oportunidade de cruzar-se com Cléo ao ver o resultado do seu exame. E foi o que aconteceu, o reencontro que iria uni-los para sempre.

Justamente na hora em que se ele preparava para enviar aos seus pais uma mensagem pelo celular com a notícia de sua aprovação em todos os exames, alguém esbarrou nele. Era a Cléo, que, apressada, queria ver logo o resultado. Leo se antecipou e disse que ela havia sido aprovada também. Mesmo com a notícia, ela foi preferiu confirmar, acreditando se tratar de mais uma pegadinha do rapaz. Leo soube se aproveitar da situação para apostar um lanche se ele estivesse dizendo a verdade. Com certeza seria a oportunidade que esperava para se aproximar de Cléo, para trocarem ideias e estreitarem a amizade, ele estava muito feliz, deixou-se levar pelo momento, as coisas voltariam à normalidade, já que seus pais haviam lhe cortado várias regalias em razão de seu fracasso escolar no ano anterior.

Nesse lanche descobriram que tinham muitas coisas para aprender um com o outro. O que fascinava Leo era o fato de Cléo conseguir ser formal e confortável ao mesmo tempo, apesar de ele não abrir mão de sua superficialidade. Fazia parte de sua personalidade, porque sempre esteve longe das pessoas, seus pais lhe ensinaram que não poderia ser amigo de todos. Desde pequeno foi educado a não escolher amizade simplesmente pela estima que pudesse nutrir por alguém, mas, sim, com base no bom sobrenome familiar, na influência perante a sociedade, por isso, quando cresceu, não conseguiu se desfazer dessa forma de encarar a vida. Isso o levou a adquirir vários complexos. Apesar de seu trato simples, desenvolver afeição era muito difícil para ele; era péssimo na arte das relações humanas.

Por mais que se esforçasse para derrubar seus complexos, não conseguia desfazer-se deles, mesmo com Cléo, que lhe abriu um corredor para se aproximarem e criarem algo que pudesse se transformar em uma amizade coesa e profunda entre eles, simplesmente pela estima que estavam a descobrir um pelo outro. Tanto que Leo notou que poderia ser diferente, mas os seus complexos e medos eram maiores. E estes espantavam qualquer sentimento que pudesse nascer dessa estima. Leo precisava de alguém que lhe compreendesse acima da compreensão, que suportasse os seus defeitos, ignorasse-os, focando-se somente em suas qualidades, que notasse que algo não estava bem nele, que a forma que fora educado pelos seus pais havia criado várias barreiras em sua personalidade e conceitos que lhe levaram a afastar-se das pessoas.

Em geral, as pessoas julgam as outras sem saber as motivações que as levam a tomar certas atitudes. Tudo na vida tem uma causa, nada vem do nada. Essa forma de enxergar a vida desenvolveu em Cléo a habilidade de saber mergulhar na mente das outras pessoas, entendê-las, por isso conseguia desenvolver relações pouco prováveis com pessoas de diferentes personalidades, e isso facilitou sua interação com Leo. Soube notar que algo lhe prendia e não o deixava expressar-se como gostaria, que seu lado sentimental chegasse à flor da pele, soube enfrentar as dificuldades, correr o risco, acima de tudo suportar os seus defeitos.

Na balança da vida as coisas costumam ser desequilibradas, exigindo sempre mais de um lado do que de outro. O mesmo acontece nas relações, há sempre alguém que se esforça mais para que a relação seja uma realidade. Só o tempo equilibra as coisas quando a relação atinge a sua maturidade. Cléo havia compreendido, por isso aceitou correr atrás, apesar das circunstâncias não estarem favoráveis para ela. Mostrou que conhecia perfeitamente a propriedade de amor, o qual se traduz em não buscar apenas as perfeições alheias, e sim aceitar também as suas imperfeições.

Só o amor nos torna capazes de não dar importância apenas aos defeitos, mesmo aceitando sua existência, estimula-nos a buscar as muitas virtudes que podem existir nas pessoas. Por isso, no lanche, Cléo teve a iniciativa de pedir o número do celular de Leo. Ela disse que, já que ele tinha o seu número, não teria mal algum ela pegar o dele, e completou: "Já que não usa o meu número, vou te ensinar para que serve o telefone". Ela sempre foi assim, com um ótimo senso de humor. Ele ficou meio sem graça, procurou desculpar-se, disse que a agitação da vida não o permitiu ligar para ela. Essa foi a desculpa que ele encontrou para esconder que sentia certo complexo de inferioridade. Dessa vez eles souberam aproveitar a oportunidade que a vida lhes deu para se aproximarem e criarem a amizade que ainda não havia entre eles.

Leo gênio confuso

Leo tinha tempo suficiente para fazer tudo o que quisesse, visto que não tinha nenhum compromisso formal naqueles dias. Aproveitava para passar as noites em claro, geralmente em bares da cidade, mesmo sozinho. Parava para apreciar a natureza, simulava várias situações que poderia encontrar no horizonte;

talvez estivessem do outro lado as coisas que ele procurava, que lhe divertissem de verdade. Tinha curiosidade em descobrir um mundo mais interessante, talvez uma experiência no deserto pudesse acrescentar muito para sua vida; descobrir que a necessidade nos faz entrar em contato com certos sentimentos perdidos em nosso interior. Talvez essa experiência deixasse os seus sentimentos fluírem e deixasse de ser algo estranho para ele. Também era certo que encontraria grandes aventuras nas dunas, os camelos lhe fariam descobrir que nem sempre as coisas acontecem na velocidade que desejamos, já que a sua paixão por carros esportivos, velozes, furiosos, lhe fez conhecer uma única forma de se locomover. Descobriria, inclusive, a disciplina necessária para sobreviver em um meio tão hostil como o deserto. Seria ideal ele experimentar o que imaginara, embora parecesse sempre só ocupar sua mente com essas imaginações, preenchendo cada fatia do mundo que criava com mestria em cada detalhe e inspiração apurada que morava nele um artista perdido e confuso.

As habituais saídas noturnas levaram-no a dormir durante o dia, enquanto os primeiros raios do sol brilhavam. Certo dia, foi acordado pelos raios do sol que invadiam o seu quarto e o despertaram. Ficou impressionado porque notou que o mundo era muito maior do que ele, se não os luminares não seriam tão pontuais nos dias e nas noites, servindo todo mundo, pessoas, sonhos e realidades diferentes, que o mundo estava sempre em movimento, que cada dia trazia para si uma novidade algo, que talvez esperasse, mas também coisas inesperadas. Notou que não levava a dinâmica necessária para atingir as suas metas. Metas essas que nunca havia estabelecido, apesar de existirem.

Viu que poderia ser mais abrangente, servir as pessoas, aprender novos conceitos e apreciar as novas realidades que poderiam chegar até ele; criar relações, ir descobrindo a complexidade do mundo, mesmo que essas descobertas fossem parciais, ter uma nova visão da vida, alcançar coisas que seriam inéditas. E, com isso, poderia se tornar uma pessoa melhor, que não resumisse o mundo em ideais e crenças aprendidas e aceitas até aquele momento de sua vida. Precisava de um começo, dar o primeiro passo.

Ainda impressionado, contemplava o sol e pôde notar que só seria essa pessoa que iria criar um grande impacto quando conseguisse se absolver das características que o diferenciasse das outras pessoas, desenvolvendo seu lado genial. Os grandes luminares são diferentes, com isso não ultrapassam as suas fronteiras, o dia e a noite. Com as suas características peculiares, cada um tem a sua importância, seu espaço e tempo.

Cléo aproxima-se de Leo

Naquele mesmo instante recebeu uma mensagem de Cléo, que o convidava para uma palestra sobre qualidade nas relações interpessoais. Era o estímulo que precisava para dar o primeiro passo, e, além disso, também teria uma pessoa em quem pudesse confiar, que estava interessada a enfrentar toda sua antipatia e egoísmo para aproximar-se dele. As coisas não acontecem como esperamos, o mundo não se desenvolve de uma forma mais saudável porque ninguém aceita a sua responsabilidade em melhorá-lo. Costumamos entregar o nosso destino em mãos alheias, nunca somos culpados de nada. Muitas vezes apontar os erros não resulta em melhoria; melhoria haveria se perseguíssemos incansavelmente as soluções, encontrando-as, expondo-as para se obter um mundo melhor.

Cléo conseguiu enxergar que não valia a pena lamentar pelas coisas que não aconteciam da maneira desejada, mas mudar as tendências ruins, buscar as causas que contrariam o bem-estar que idealizamos e eliminá-las. Nós vimos que tem sido uma característica das sociedades atacar as consequências que são apenas frutos de uma raiz que se abriga no subsolo e que exige maior perícia para identificá-los. É na raiz onde se encontram as causas; o que, em geral, acontece é que cortamos os troncos e deixamos a raiz. Precisamos ter uma visão mais abrangente das coisas e, com isso, saber lidar com as circunstâncias de uma forma correta.

Leo estabelece metas

Leo notou que, para atingir as suas metas e superar os seus desafios, era necessário começar a criar impacto primeiramente entre os seus parentes, conseguir as coisas que as pessoas esperavam dele, porque se esperavam dele com certeza havia fé em suas capacidades, certamente havia competências nele que deveriam se tornar mais efetivas. Apesar de seus pais terem influenciado de maneira negativa em suas evoluções como ser, não se cansaram de moldá-lo, era muito cobrado por eles. E, com isso, tinha de aprender, ter o conhecimento necessário para alcançar as metas que lhe haviam estabelecido. Outro agravante era o fato de ele ser o primogênito e por isso deveria herdar muitas responsabilidades, necessitando de certo preparo.

Embora não convivesse muito tempo com Cléo no tempo do colégio, notou que nela havia algumas mudanças. Não era mais aquela moça extravagante, tudo tornou se formal e pontual, deixando o passado de lado. Aprendeu, inclusive, a administrar a sua vida.

Reflexões

Apesar de poucos olharem para esses critérios, a vida de cada um é como todas as entidades que existem nas sociedades, carecem de certos fundamentos para crescer e se desenvolver de uma forma positiva. Tem que se planejar, organizar, direcionar e controlar as diversas formas que agimos e reagimos, para não acontecer acidentes que possam mudar o rumo da nossa história de uma forma negativa, até mesmo de forma fatal.

Quando chega-nos um desafio devemos construir estratégias para superá-los e isso requer de nós certas mudanças. Cléo notou que era o momento para mudar certos comportamentos. Havia chegado a um momento decisivo para sua vida. A palavra universidade define universo de ideias ou de intelecto, universo que traduz imensidão, o infinito, e harmonia de cada planeta e astro que nele está cumpre rigorosamente seus movimentos e funções. Na faculdade deve-se aprender isso, que nos espera uma nova fase na qual poderemos lapidar os nossos conhecimentos, tornando cada vez melhor para que corresponda com as expectativas criadas pela sociedade, dando respostas aos problemas de uma forma eficaz.

Leo estava perante a pessoa ideal para trocar experiências e aprender. Nessa nova fase ele queria conquistar a sua porção na sociedade, mas para alcançar isso ele teria que mudar a sua personalidade, aprender a ser humilde, interagir mais com as outras pessoas e dessa interação experimentar novas realidades para acrescentar mais à sua curta vivência. Os sonhos têm proporções e cada um traduz um grau de dificuldade.

A resposta para todas as nossas inquietações está no meio no qual vivemos. Com certeza não sabemos o que ela nos diz, a caridade que nos transmite, resulta na necessidade de amarmos as pessoas, olharmos para elas, buscando cooperação para suprirmos as necessidades coletivas. Bom é ter posse do fruto dos nossos trabalhos e agradável é ver o impacto de nossos atos na sociedade. Mas este poderia ser bem maior se fôssemos mais sensíveis com as necessidades das pessoas mais carentes e as que padecem. Nada é mais gratificante do que ajudá-las e apresentar a elas um outro projeto de vida mais digno, ou seja, um novo futuro.

Em cada atividade da faculdade Cléo integrava Leo, para que se familiarizasse com as outras pessoas e recuperasse o tempo perdido. Talvez desenvolvesse mais uma grande paixão além da paixão por automóveis esportivos, uma paixão que viesse do amor que pudesse vir de Cléo, apesar de ela estar alheia a isso.

Já estava em uma relação, apesar de sua amizade com Leo estar criando um desequilíbrio em sua relação por conta do tempo que passava com ele. Nos dias de hoje até as situações mais comuns nos levam a desconfiar e suspeitar até mesmo das moças mais virtuosas. Talvez a culpa esteja no bombardeio midiático, que vem tornando a traição algo cada vez mais comum entre os homens.

Cléo tem problemas com seu namorado

Cléo estava entusiasmada com a ajuda que estava dando a Leo, e esta claramente estava afetando a sua relação com seu namorado. Encontrava-se com ele com certa regularidade, mas com o passar do tempo tornou-se menos presente e foi difícil para ele aceitar a nova etapa de sua vida. Depois que soube da existência de Leo, o ciúme tomou conta dele, e as brigas entre o casal tornaram-se constantes. Ela estava em um dilema: se continuasse a ajudar Leo terminaria o namoro; embora fosse um pouco recente – cerca de um ano –, fazia muito bem para ela. Estava habituada a correr para os braços do namorado depois de mais um dia cansativo.

As moças têm mania de tomar decisões e achar que são as mais corretas e ignoram quaisquer opiniões, até mesmo as de seus namorados e familiares, tornando-se irredutíveis. E isso acontece com mais frequência com as que têm certo grau de instrução, pois estas não aceitam ser submissas em qualquer circunstância ou relacionamento. Hoje o conceito tem sido de direitos iguais. Mas em que sentido? Em alguns casos, certos tipos de aproximações não são favoráveis, porque levantam muitas suspeitas alheias. Ninguém gosta de ficar ouvindo certas insinuações. Por isso, no caso dos dois, seria melhor Cléo deixar de ajudar Leo para preservar o seu relacionamento. No entanto, não foi o que ela preferiu, inclusive porque todas as suspeitas eram infundadas, e por isso preferiu terminar com o namorado, pois sua desconfiança a decepcionou.

    O caminho estava aberto para Leo, que, com a convivência, conseguiu fazer a fogueira do amor, o tempo com certeza o acenderia. O aparecimento da chama seria questão de tempo. O amor à primeira vista é muito discutível, mas posso afirmar que é real. Apesar de ser pouco provável criar um sentimento por outra pessoa sem saber quem ela realmente é, com certeza é possível se encantar na primeira impressão, e a partir desta construir um sentimento verdadeiro e profundo. Mas é muito mais comum relacionamentos que nascem em ambientes que convivemos: escola, trabalho, academia etc. Ou seja, onde há uma convivência constante, apesar de que, em certos casos, não há uma relação de proximidade, mas habitual.

    Leo não estava ciente do que se passava entre Cléo e o namorado, pois ele não sabia nem mesmo que ela tinha um. Preferiu, inclusive, manter a descrição, não queria saber mais do que o necessário, para que não deixasse de ajudá-lo e não alimentasse suspeitas acerca de suas intenções com relação a ela. Mas Leo nunca lhe fechou as portas caso ela necessitasse de algo. Pouco a pouco ele já conseguia estabelecer novas relações. A terapia que a moça lhe receitou estava sendo de extrema importância e eficácia. No entanto, milagres não poderiam ser feitos, pois as coisas das quais aprendemos durante muitos anos não costumam ser largadas da noite para o dia, já que o hábito torna-se parte da constituição de nossa vida. E só um grande esforço para se desfazer desses mesmos hábitos.

Leo se apercebe da separação de Cléo

Mas ele conseguiu perceber que estavam mais tempo juntos, que a agenda de Cléo estava menos preenchida, e estranhou. Com o jeito dela pôde questionar a nova postura de Cléo. E ela, por sua vez, lhe contou o que havia se passado. O rapaz sentiu-se culpado pelo mal-estar que havia causado na relação dela e lamentou o ocorrido. Apesar de ele não saber qual era a dor de uma separação, acreditava que o semblante de Cléo não era de quem havia perdido um grande amor e talvez não gostasse tanto de seu namorado. Nos dias de hoje as coisas mudaram bastante. Apesar dos prantos continuarem, aparentemente a superação é muito rápida. Os recém-separados embarcam em outras relações com muito mais rapidez e facilidade.

Leo se entusiasma com o ingresso à faculdade

Leo estava empenhado em ingressar na faculdade e já havia feito a sua escolha. Cursaria Ciências Sociais, e agora era questão de definir qual seria a área que ele melhor se encaixava. Deixou de lado todas as coisas, só não desapegou de suas grandes paixões, como, por exemplo, dirigir em altas velocidades e apreciar o luar de seu quarto, visto que não passava mais as noites no bar. O interesse pelos astros dava sinais de que seria astrólogo, mas era só uma paixão e uma curiosidade saber como as galáxias se formaram com tanta perfeição. Seria mera causa, uma simples explosão como afirma a teoria de Big Bang? Essas teorias não satisfaziam a sua inquietação, em seus diálogos consigo mesmo não teimava a existência de um ser supremo, Senhor de todas as coisas, que fez os céus e a terra, que criou o homem, a fauna e a flora. Como provar a sua existência, como chegar a esse Senhor?

Reflexão

Há coisas que a ciência não pode explicar, coisas espirituais, que vão além do material. O homem não é só um ser material porque há várias coisas em seu seio que não podem ser vistas, muito menos tocadas. As emoções, as sensações e os sentimentos com certeza são prova de que existe em nós algo espiritual, que conduz a maioria das tendências em nós, com certeza descartando a ciência para explicar esses mesmos fenômenos que fazem parte da vida e que pouco conhecemos acerca deles. Recorrer a Bíblia nos revelaria à verdade que nos escapa.

A forma como Leo foi educado levou-lhe a desenvolver muito a sua imaginação. Conseguia criar como ninguém, e a solidão era companheira dele nas diversas criações e reflexões. Soube viajar como ninguém na imensidão do espaço e do tempo, com isso notou que as coisas por si só não se mantêm estáticas. O tempo muda tudo e, assim, também limita tudo; não há coisas que nossos olhos alcançaram que durará para sempre, tudo que é material um dia o tempo se encarregará de o desfazer. Por isso aceitou a necessidade de viver segundo o espírito. Sem dúvida o espírito e o material estariam em conflito. Dependendo da forma que nos guiamos, um deles impera em nós.

Então o que seria alimento para as coisas espirituais? Com certeza o amor. Não o que idealizamos e aceitamos, mas aquele que vem somente de Deus, por Jesus Cristo, de dar o seu melhor mesmo para as pessoas não sejam merecedoras. Também Leo pôde notar que focar a vida no material seria um erro de incalculável tamanho, visto que não conduz o destino que todos desejam perto de Deus com a paz eterna. Temos que ter mais cautela nas decisões que tomamos, nas nossas ações, pois ninguém escapa dessa definição, que é o ser mortal e imortal ao mesmo tempo. Mortal na carne, imortal no espírito, que é somente alimentado pelos mandamentos que Deus instituiu.

O amor e o ser

Assim, o amor aparece como a primeira grande necessidade humana. O amor que suporta, que protege, que não busca somente o seu interesse acima de tudo. Esse amor que não há palavras para descrever, que não busca a perfeição nas pessoas, mas, sim, olha para suas necessidades e busca satisfazê-las, independente de quem for, rico ou pobre, mas que tem foco no ser.

O conhecimento e a verdade

Leo buscou o conhecimento e conseguiu se libertar. Apenas a verdade e o conhecimento nos livra e nos dá a noção correta da realidade. O material se manifesta nas paixões e só o amor nos ensina a dosá-lo na medida certa. É uma verdade não podermos nos conduzir somente pela paixão.

Os sentimentos despertam em Leo

Leo aprendeu a olhar Cléo com muita estima. O que ele buscava talvez não estivesse tão longe dele como imaginava, mas não conseguia enxergar da forma que deveria. Ocupou um lugar de extrema importância na vida de Cléo. Muito do brilho que pairava nos olhos dela vinha dele. A alegria que transmitia a mudança que vinha acontecendo nele era consequência da forma que ela aprendeu a olhá-lo.

O sentimento que não encontrou espaço para se expandir no passado despertou nele espontaneamente, foi como se tudo tivesse acontecendo em pedaços muito curtos de tempo. Ele estranhou tudo isso. A afinidade que nasceu entre eles era capaz de suportar tudo; mesmo se os seus olhos nunca mais se encontrassem, eles continuariam a fazer parte da vida um do outro. Ele já era parte dela e ela parte dele. Leo não soube lidar com essa situação porque era uma novidade para ele. Antes tudo era muito superficial. Além dos carros esportivos nasceu mais uma grande paixão.

Não parava de pensar nela. Tudo em sua vida deixava um espaço que trazia uma certeza que pertencia a Cléo. No entanto, ele não quis viver aquele sentimento, achava que não era o momento ideal. Tinha muitos desafios para superar, e deixar-se levar pelo mar de sentimentos que vinham de Cléo poderia atrapalhar tudo. Depois seria tomado por sentimentos que nunca tivera conhecido, não seria fácil para ele conciliar um relacionamento de namoro com Cléo com a dinâmica que a sua vida havia tomado.

Leo afasta-se de Cléo

Então, tomou a decisão de afastar-se dela e foi estudar no exterior. Talvez a distância abrandasse tal sentimento, transformando-o em pura amizade. Cléo também não queria que houvesse nada entre eles. A sua faculdade e as experiências anteriores haviam sido meio frustrantes. Quando soube que Leo iria se afastar dela, notou que havia algo diferente nela em relação a ele. O rapaz fez tudo de uma forma muito discreta. Somente um dia antes de ele partir comunicou-a sobre sua ida para a Itália.

Escolheu a Itália por este país ter os condimentos necessários para desenvolver nele novas sensações e paixões e para aperfeiçoar o artista que ele era. Se conseguisse entender certos mistérios que careciam de respostas – porque, afinal, Veneza é escolhida por muitos casais para compartilharem o seu amor –, talvez o seu sentimento por Cléo encontraria onde repousar e lhe deixasse livre para o rumo que pretendia seguir. A riqueza artística italiana poderia fazer com que se sentisse como nunca sentiu, cada estrutura fosse lhe fazer descobrir onde iria colocar os sentimentos que o deixavam confuso. Estar no Coliseu levou-lhe a desenhar em sua mente o passado de batalhas ferozes que os gladiadores eram submetidos, a valentia com que aprenderam a conduzir as situações adversas; imaginou-se dentro daquele espetáculo sanguinário, domando as feras, conquistando os aplausos que se faziam presentes naquela estrutura dos séculos passados. Certamente, os gladiadores sabiam enfrentar os desafios que o destino lhes apresentava. Eles, também, não tinham grandes alternativas, pois dar as costas aos desafios resultaria em morte certeira.

"Ainda bem que tenho alternativa", pensou ele. O sentimento por Cléo havia se tornado um furacão que o consumia por dentro. Estar diante de um ambiente tão inspirador também não o ajudou a se desfazer das lembranças dela. Cada tela que apreciava levava-lhe a ter certas sensações que, apesar de se diferenciarem das sensações que vinham de Cléo, levavam-lhe a reviver cada instante que passaram juntos. Sentiu até vontade de voltar, mas a certeza de que um dia aquilo seria passado lhe fazia mudar de ideia.

Enquanto isso, Cléo alimentava a esperança de que poderia preencher o vazio que Leo havia deixado em sua vida. Ela estava muito ocupada para parar tudo e suspirar pelos cantos por um sentimento que mal sabia o que era realmente. Não se tratava de paixão porque muitas delas já haviam feito parte de sua vida; era algo mais simples e valioso, embora não pudesse descrever pela sua extensão, mas sabia que havia tomado conta tanto de sua mente como de seu coração. Refugiava-se em diversas atividades para se esconder. Poderia ser invadida caso se deixasse levar pelos seus sentimentos.

Acredito que, quando os sentimentos entram em nossa vida, devemos identificar o verdadeiro significado dele. Fugir não é a medida mais correta. Podemos, primeiro, refletir para ver a sua viabilidade para não sairmos contrariados. Há sentimentos passageiros, fruto da imaginação. Leo havia pensado que tudo aquilo que havia nele era algo desenvolvido em si por sua própria vontade, e não aceitou o que achava que se diluiria com o tempo.

Mas o tempo passou e a realidade era única: que Cléo significava muito mais para ele do que poderia imaginar. A distância não seria tão potente para desfazer o que ela representava para ele. E, pelo contrário, fortaleceu ainda mais seu sentimento. Esquecê-la seria impossível, em quase todos os momentos passeava pelos seus pensamentos trazendo-lhe saudade e a sensação de que havia deixado um pedaço de si para traz, que simplesmente estava incompleto. E a certeza de que não era um simples querer, fê-lo aceitar que estava condenado a aceitar tal sentimento e a afeição que custou conhecer.

A nostalgia vence Leo

O tempo fez com que a nostalgia falasse mais alto e que o sentimento que nutria por Cléo tomasse conta da situação. Então resolveu telefonar para ela e abrir o seu coração, falar de coisas que até ele próprio não sabia que existia em seu interior e tão pouco que compreendia, palavras que mulher nenhuma sonhou ouvir. E, com isso, não foi difícil convencê-la, demonstrar o que ela significava para ele e o quanto era preciosa e que o destino havia lhes sentenciado a ficarem juntos.

Distância

A distância fortalece o amor por nos trazer por meio da saudade a importância das pessoas que fazem parte da nossa vida. E quando amamos, mesmo que a pessoa amada esteja distante, as sensações que ela nos transmite chega até nós, demonstrando o valor dessa pessoa para nós.

Ciúme

É um sentimento natural do ser humano, em algum momento da vida aparece em nosso interior, entre as pessoas difere só as suas razões e emoções, como todo sentimento tem seu lado positivo e negativo.

Autor desconhecido

Martin e Nely

Confissão de Martin

Martin disse-me:

— Até hoje tenho a sensação de que o dia em que a conheci aconteceu há alguns instantes, horas antes, há alguns minutos, há poucos segundos. Posso descrever cada detalhe que havia nela e, com o encanto que residia nela, pude ler um soneto perfeito. Ainda hoje a métrica desse soneto embala os meus dias, fui obrigado a admirá-la. Encantar-me por ela, apesar de não ter a coragem de dizer-lhe o quanto era valiosa para mim, tempos depois descobri que não fui o único condenado a amá-la, havia uma legião de apaixonados. Linda e bela, a sua imagem ficava estampada em qualquer memória, difícil descobrir de onde vinha tamanha virtude.

Seu ser não me importou muito nos primeiros dias em lhe conheci, não gastei esforços para encontrá-la algumas vezes e admirá-la. Não havia apenas perfeição nela, mas também tornou-se eleita minha amante. Seu perfume refrescava a alma quando passeava pelas ruas da cidade, o que a tornava simplesmente irresistível. Desmitificar a origem desse perfume, encontrar imperfeição nela motivou-me a aproximar, mas não seria fácil para mim pela timidez que, em demasia, fazia parte do meu ser, também pela formalidade que me apoderava sempre que sua imagem chegava até a mim. Aprendi a emigrar cada vez mais nesse sentimento sem cautela nenhuma e, com isso, atingi a profundidade, pude apalpar o fundo desse sentimento que é o amor e que se apropriava de mim como eu dela. Pude descobrir e conhecer as suas propriedades.

Propriedades tais como a sua grandeza em nós é uma certeza de que não há outro sentimento igual. Gostaria de ficar com ela pelo resto da minha vida, mas sabia que esse meu querer poderia não se concretizar. Na vida não podemos descartar nenhuma possibilidade, mas o fato de compartilhar momentos e saber que estava bem já me animava, mesmo que tivesse de sumir da vida dela não seria mal algum desde que fosse para torná-la mais feliz. É certo que gostaria de ser mais importante para ela, porém aprendi que em sentimentos como amor a nossa vontade, às vezes, é muito pouca e há outros fatores que não podem ser ignorados. Esses mesmos fatores também fizeram parte da minha vida naqueles dias e em momentos cruciais.

Não posso culpá-la pelo que estava acontecendo. Ser implacável caracteriza o amor e invadiu o meu ser, foi assim que eu sempre quis um amor platônico. Ela nunca soube que havia me sentenciado em descobrir esse sentimento que se prolonga de século em século alegrando, angustiando, fazendo-nos conhecer novas sensações. Era a minha vez de o conhecer e foi de uma forma inesperada. E aprendi a aceitá-la apesar de só trazer sofrimento para o meu coração.

Ela era especial e única para mim, embora nos primeiros anos eu tenha aprendido a conviver com esse sentimento; soube estabelecer limites, a não deixar que a razão fosse totalmente sufocada por ela. Pude construir várias muralhas, não queria ser mais um admirador e com isso busquei outros escapes, aceitei outros motivos para me apaixonar, mas foi em vão, o sentimento teimava em não desaparecer, talvez não saiba o quanto custava o resgate para esse sentimento que me tornou cativo.

Pude impedir que as chamas da paixão se alastrassem pelo meu ser e ignorasse que estivesse condicionado a viver esse amor.

Um dia as coisas iriam se definir, com certeza haveria o distanciamento entre nós. Ela faria parte do passado, iria se tornar uma ótima memória; somente isso, uma pessoa que teria prazer em relembrar. No entanto, lentamente pude me aproximar dela, e assim, pouco a pouco, conquistei a sua confiança; mostrou-me que precisava de mim e não hesitei em cuidar dela. Demonstrei que estava ao seu dispor para tudo que precisasse, mas o tempo demonstrou que não estava preparado para viver naquelas circunstâncias e para cuidar dela. A minha personalidade prejudicou-me, não soube cuidar dela da forma que as circunstâncias pediam e a decepcionei. Ela, então, achou que havia estendido os braços para a pessoa errada, por isso as feridas já existentes nela tornaram-se mais profundas.

E a certeza da existência de um dia compartilharmos esse amor claramente se tornou impossível, apesar de, até nesses instantes, os meus sentimentos serem os mesmos. Mas em relação a ela as juras que esperava que fossem de amor hoje são de ódio, os dias foram traiçoeiros para mim, tudo ao meu redor contrariou todo sentimento que havia em mim. Tentei ser divertido, aparentei ser arrogante, insensível com aquela mulher que tanto admiro. Não sei se nos cruzássemos hoje qual seria a reação dela nem mesmo a minha, embora, apesar de tudo, ainda é minha intenção desfazer esse mal-entendido. Espero que ela tenha a mesma intenção, sei que a nossa situação só tem uma direção e dois sentidos, ou resolvemos as nossas diferenças – o que exigiria um perdão no íntimo dela –, ou estamos condenados a apagar a presença de um e do outro em nossa vida para sempre. Se hoje ela estivesse aqui lhe diria que sempre a admirei, apesar de nunca encontrar o motivo para essa admiração. A perfeição que encontrei nela nos primeiros dias em que os meus olhos lhe encontraram hoje é somente uma ilusão. Aprendi que pessoas perfeitas não existem, embora, mesmo assim, apenas encontro motivo para amá-la e cuidar dela. Sei que muita coisa mudou em nós, o tempo altera a nossa personalidade. A moça que conheci com certeza já não é a mesma em muitos sentidos, talvez não continue a ser a mesma beldade, talvez se tornou mais simpática, e há muita probabilidade que tenha encontrado outro alguém, embora nunca poderá substituir-me pela singularidade de cada ser, mas que tenha encontrado nele o segredo para curar as suas feridas.

Isso me conforta, apesar das coisas não estarem como pretendi. Sempre será bom saber que ela está bem. Falta resolvermos as nossas diferenças para a situação se tornar perfeita. Ainda é um grande desejo meu despertar longos sorrisos nela, mesmo distante estar próximo o suficiente para ampará-la quando precisar, reconquistar a confiança perdida, mostrar que os meus atos nunca demonstraram o verdadeiro sentimento por ela, talvez por ser inexpressivo, mesmo se tentasse vão seria o meu esforço. Lembro-me das muitas vezes em que ensaiei a forma ideal para chegar até ela e dizer que a amava. Ás vezes encontrava palavras simples, mas que não refletiam o que eu sentia talvez por serem vagas, às vezes complexas palavras, mas que banalizavam o meu sentimento por ela. Por isso várias vezes me apavorei por não saber descrever o que havia em meu íntimo. Seria eu um simples ser que descobriu um sentimento divino? Nunca soube a sua real proporção, também a maturidade que eu não obtivera influenciou negativamente para que as coisas nunca se tornassem definidas para mim, muito menos para ela. E por essa razão meu ser confuso a contagiou, levando a refletir que tudo se tratava de uma mentira, que nunca estive preocupado em vê-la feliz.

A vida é assim, às vezes verdades tornam-se mentiras e mentiras em verdades. A forma como interpretamos as coisas podem distorcê-las, embora eu tivesse dificuldade em me expressar, nunca sai do padrão. Amizade entre nós não havia sido descartada, só não demonstrei que sentia algo mais profundo. Estava aprendendo a me conformar com a realidade de sermos apenas amigos. Era imaturo para dar outros passos, para namorar, não estava psicologicamente preparado, também era altura de me definir socialmente. Tinha que estudar, muito alcançar a estabilidade necessária para desenvolver uma relação mais séria. Queria lhe fazer feliz, mas não tinha a certeza que a faria.

O que faltou entre nós foi compreensão, havia uma obsessão em nós para encontrar a felicidade, sendo assim cada um defendeu os seus interesses, Nenhum de nós parou para pensar e tentar compreender o outro, com isso a felicidade tornou-se uma competição para nós. Não tínhamos maturidade suficiente para nos encararmos como adversários. Ninguém quis abrir mão das coisas que o tornavam mais alegres, com isso achou-se melhor nos afastarmos um do outro. Talvez essa forma de ver as coisas lhe favoreceu, com isso tornou-se cada vez mais distante de mim.

Sei que ela tem suas razões, nada acontece por acaso, mas lamento a forma como as coisas estão, não há necessidade para nos olharmos como inimigos, porque até hoje lhe desejo muito bem. Que ela consiga conquistar todos os seus desejos.

A curiosidade de saber dela me atormenta em todos os momentos. De manhã acordo com ânsia de saber se acordou com ânimo suficiente para superar os desafios que o dia vai lhe apresentar, de tarde há inquietação, é a mesma, só muda o motivo que é, se não desanimou por não conseguir superar certo desafio. À noite desejo-lhe boa noite mesmo de longe, mesmo sabendo que ela não ouve, mas não posso lutar contra um dos desejos mais profundos do meu coração, querer que ela esteja sempre bem, que a felicidade se torne anfitriã nela e lutar com ela para que isso se torne uma realidade.

O medo também fala comigo, diz que tornei o amor obsessão, mas eu não acredito nisso. O amor é um sentimento que não se transforma em algo ruim, é sempre o mesmo, a única coisa realmente pura em nós mesmos, se manifestando de várias formas, mas sempre com as mesmas motivações torna a vida mais bonita e próxima da perfeição. Eu tinha a perfeição nela, quis muito que essa perfeição continuasse transbordando em mim, que é esse amor que ainda hoje se manifesta como um profundo desejo, de lhe ver feliz. Acho que serei honrado se contribuir para essa mesma felicidade. Tê-la distante de mim nunca se tornou o motivo suficiente para lhe esquecer. Com a maturidade que tenho hoje aprendi a aceitar as perdas. Com certeza foi um grande amor que eu perdi, mas o mundo não pode parar por causa de uma perda, por isso renovei em mim o desejo de outras conquistas, porque creio eu que outra pessoa irá aparecer e espantará esse sentimento de mim, apesar da vida ser somente uma, sendo uma história que não se apaga.

Não me arrependo da existência desse sentimento, com ele cresci muito, pude me conhecer, e com isso a maturidade tornou-se efetiva em mim. Por essa razão, mesmo com esse sentimento me atormente, condenando-me por ser rejeitado. Sei desfrutar das minhas alegrias, sei me entusiasmar e compreender que as perdas e rejeições também fazem parte da vida, da história de qualquer um. Com certeza não sou o único rejeitado na face da Terra, não sou o único que não fui correspondido em um sentimento que tanto me entreguei.

Hoje, sentado na praça, senti algo que me animou, algo que declarou claramente que as coisas poderiam mudar um dia. Entusiasmado fiquei quando alguém, uma linda moça de lindos e carnudos lábios e pele negra chegou até mim. Em geral declaramos nas moças que queremos que sejam o nosso sol pela eternidade, mas essa foi diferente, trouxe com ela uma sensação de brisa fresca e nuvens carregadas que previam que iria chover. Viria uma nova estação em minha vida, a chuva traria água suficiente para apagar as chamas que alimentam o meu sentimento por Nely. Regariam os campos que estão áridos no meu interior. Em suma, irei descobrir um novo mundo interno, no qual as virtudes que hoje vejo em mim não desaparecerão, somente que as imperfeições não mais continuarão a me limitar.

Com isso descobri que as coisas acontecem no momento certo, e as mulheres são como estações, umas parecem o inverno, outras o verão. Há mil e uma sensações que podem nos transmitir. Não me precipitei em saber quem era, aproveitei para apreciar o momento e curtir a sensação.

Não sei se me compreende porque há coisa que só entendemos quando sentimos. Também me confundo várias vezes porque sinto algo que não compreendo, os sentimentos não estão ligados à razão, por isso me conformo, prefiro aprender a gerir certos dilemas que esses sentimentos me causam.

Confesso, sinto-me um peregrino, a buscar a única verdade sobre o amor, se realmente é uma chama, ou talvez seja um oceano de sensações e emoções impossíveis de explicar.

**INFORMAÇÕES SOBRE NOSSAS PUBLICAÇÕES
E ÚLTIMOS LANÇAMENTOS**

Cadastre-se no site:

www.novoseculo.com.br

e receba mensalmente nosso boletim eletrônico.

novo século